JN225411
ちびっよ兄弟の
ゆるもふ
異世界ライフ！
～もふもふ魔獣と精霊さんの最強加護で大冒険を楽しみます～
ありぽん
ill. nyanya

グッピー
ジェレミーのことが
大好きな豚の魔獣。
ふわふわの毛が
生えている。
ふふちゃん
いつもアルと
一緒にいる魔獣。
アルと同じくとても
好奇心旺盛!
ジェレミー
アルの兄。
弟思いの
しっかり者で、
アルのお世話係。
アル
異世界に転生した
3歳のちびっこ。
生まれつき
特別な力を持って
いるようで…!?
CHIBITSUYO
KYOUDAI NO
YURUMOFU
ISEKAI LIFE!

タック
新しい住処を探して
アルたちのもとに
やってきた、
元気いっぱいの
光の精霊。
サイラス
ジェレミーの専属護衛。
おおざっぱな性格で
アランによく
怒られているが、
かなりの実力者。
アラン
アルの専属護衛。
超がつくほど
真面目で、
アルをこの世で一番
大事にしている。
CHARACTERS

「次は僕の番だよ!!」
僕は台の上に立ったよ。
みんなしっかり
クッキー作りして、
僕だけ抱っこは嫌だもんね!

ちびつよ兄弟のゆるもふ異世界ライフ！

～もふもふ魔獣と精霊さんの最強加護で大冒険を楽しみます～

ありぽん

ill.

nyanya

CHIBITSUYO
KYOUDAI NO YURUMOFU
ISEKAI LIFE!

目次

プロローグ …… 4
第1章　僕のお友達は特別なお友達 …… 8
第2章　精霊さんと妖精さん、フラさんのプレゼント …… 51
第3章　特別なプレゼントのお部屋で遊ぼう …… 76
第4章　精霊さんと妖精さんのドタバタお引っ越し …… 103

第5章　いっぱい遊んで、いっぱい使ったら、みんなで一緒にありがとう！…… 139
第6章　みんなで一緒に、楽しいクッキー作り…… 165
第7章　みんなでお出かけ嬉しいなぁ…… 204
第8章　事件発生⁉　僕の力？　新しいお友達ができました‼…… 236
あとがき…… 290

プロローグ

『それじゃあ、新しい世界へ旅立つ時間じゃ』

「もう、パパもママも、行っちゃった？」

『ああ。お主の両親は、昨日新しい世界へと行ったぞ』

「そか‼　またパパとママに会えるんだもんね。僕、ちょっと寂しいけど、でも楽しみ‼　でもでも、もう間違えちゃダメなんだからね。また間違ったら、僕怒っちゃうからね！」

『本当に申し訳なかったのう。じゃが、今度こそそなた達は、幸せな生活をおくれるじゃろう。では、いつか会おう』

「パパ、ママ、行ってきます‼」


……あれ？　僕どうしたんだっけ？　えと、えと。神様がパパとママを新しい世界に連れていってくれて。僕も新しい世界に送ってくれるって。それで？

何で周りが暗いんだろう？　ここは新しい世界？　真っ暗で何も見えない所が新しい世界なの？

それに神様は、目が覚めたら今までのこと忘れているって。でもいつか神様の所へ戻ったら、

プロローグ

忘れたことを思い出して。それでまたパパやママと会えて、お話ができるって言っていたよね？

う～ん、僕、パパとママ、僕のことをちゃんと覚えているよ？　もしかしてまだ新しい世界に着いていないのに、目が覚めちゃったのかな？　もう1回寝て、次に起きたら新しい世界に着いている？　それで全部忘れているのかな？

パアァァアッ!!　およ？　なんか前の方が明るくなってきた。あれ？　どんどん明るくなってくるよ!?　わわっ!?　眩（まぶ）しい!!

「……おぎゃ、おぎゃあっ!!　おぎゃあっ!!」

「お生まれになったわ！　旦那様を!!」

「はい!!」

何々？　どうしたの？　何か周りが煩（うるさ）いよ？　う～ん、目が覚めているはずなのに、目が開けられない。わわっ!?　僕の顔に何しているの!?　それに体も!?

「さぁ、とりあえずはこれで大丈夫でしょう。奥様、おめでとうございます」

「「「おめでとうございます!!」」」

今度は何々？　なんか体がふわふわ浮いている感じがするよ。あれ？　なんか柔らかくて、気持ちのいい場所に乗った？

「……良かったわ、無事に生まれてくれて」

「元気な男の子です」

「……ふふ、これでジェレミーもお兄ちゃんね」

バタンッ‼

「生まれたか⁉　マリアンは⁉　赤ん坊は無事か⁉　何もなかったか⁉　私は何かした方が……」

わわ⁉　今度は何の音？　大きな声は誰の声⁉

「旦那様、お静かに‼　奥様もお子様もご無事です。そんなに慌てて騒いでしまっては奥様とお子様にとって、逆に悪影響です‼」

「むっ、す、すまない」

「もう、あなたったら」

「いや、すまない。予定よりも時間がかかっていたものだから心配で」

「時間はかかってしまったけれど、元気に生まれてきてくれたわ。さぁ、あなたと私の、大切な子よ」

「男の子か。よく私とマリアンの元へ生まれてきてくれた。ありがとう。そしてマリアン、この子を産んでくれてありがとう。頑張ったな。それにしてもジェレミー同様、可愛い子だなぁ。私似か？　いや、やはり君に似ているか？」

プロローグ

「ジェレミーみたいに、お互い半分半分かしらね。本当に可愛いわ。そうそう名前は？　予定通りの名前に？」

「ああ！　こんなに可愛い男の子なんて。考えていた名前がピッタリだ」

あれ？　さっきは目が開かなかったけど、今度は開けそう。僕はそっと目を開けたよ。そして見えたものは、知らない男の人。

「この子の名前はアルフィード。ウィルトン・アルフィードだ」

「アルフィード。いい名前よね。今日からよろしくね、アルフィード」

あれれ？

第1章　僕のお友達は特別なお友達

「すぅすぅ」
『ホーホー』
「すぅすぅ」
『ホーホー』
「失礼します」
「すぅすぅ」
『ホーホー』

シャッ‼　シャッ‼　う～ん、明るい。誰かカーテン開けた？　僕も魔獣のふふちゃんもまだ寝てるから、カーテン開けちゃダメなんだよ。

『ホー……、カーテン開けた。誰？　寝るの邪魔はダメ』

ね、ふふちゃんもそう言っているでしょう？

「アルお坊っちゃま朝です。さぁ、起きてください、いい天気ですよ。今日はジェレミーお坊っちゃまと、精霊の皆様と遊ぶお約束をなされていたのでは？」

「せいれいさん⁉」

『遊ぶ⁉』

僕とふふちゃんは、ガバッと起き上がって、すぐにレイラにご挨拶。

「おはよ、ございます‼」

『おはようございます‼』

それから僕は急いでベッドから降りようとしたよ。そうしたらふふちゃんが、僕がベッドから落ちないように洋服を掴んで体を支えてくれたんだけど。でも僕に引っ張られるふふちゃん。

「坊っちゃま、そのまま降りてはダメですよ。さぁ、こちらのお靴を」

窓からすぐに僕達の方へ来てくれたレイラが、ずるずる、ベッドから落ちそうになった僕を止めてくれたよ。それから靴を履かせてくれて、ベッドから降ろしてくれたんだ。

次に鏡が置いてある方へ行って、桶に魔法でお水を入れてくれるレイラ。そのお水で僕は顔をゴシゴシ。顔を洗ったら、ふかふかタオルで顔を拭いたよ。

ふふちゃんも別の桶のお水の中に自分の顔を突っ込んで、そのまま水の中で顔をブルブル。ブルブルが終わったら、水から顔を出してまたブルブル。それからレイラの風魔法で、顔を乾かしてもらったよ。

お顔を洗ったら、今度はお洋服。今日はお外で遊ぶお洋服を着るんだよ。うんとね、汚れてもいいお洋服。今日は僕とふふちゃんと、にぃにと魔獣のグッピーとみんなで、精霊さん達と一緒に遊ぶの。だから、今日は汚れてもいいお洋服を着るんだ。

「ボタンを留めて……。あとは髪を整えて。さぁ、終わりましたよ。食堂へ参りましょう」

レイラと手を繋いで、ふふちゃんは僕の頭に乗って、食堂へ行ったよ。食堂の前に着いたら、レイラがドアを開けてくれて、中を見たら父様と母様とジェレミーにぃにがいたよ。

「とうさま、かあさま、にぃに、グッピー、おはよございます‼」

『おはようございます‼』

「おはようアル、今日はちゃんと起きられたみたいだな」

「今日は精霊や妖精達と遊ぶ日だものね。アル、おはようございます」

精霊は植物や動物、物なんかに住んでいて、いろいろな特別なことができるんだよ。妖精さんは、精霊さんと似ていて、いろんな場所に住んでいて、様々なことができるの。魔獣さんは、地球の動物に似ているんだ。みんな遊ぶことが大好きなんだよ。

「アル、ふふ、おはよう！」

「にぃに、おはよございます！」

『おはようなんだぞ‼』

『グッピー、おはよ！』

「さぁ、食事にしよう。アル、席に着きなさい」

僕は急いで自分のイスに行って、僕のお家で働いている執事のユージーンにイスに乗せてもらったんだ。ふふちゃんは飛んで僕の隣のイスに乗っかったよ。

僕とふふちゃんがイスに座って少し経ったら、ご飯が運ばれてきたよ。今日の朝のご飯は、パンが2個とハムが3種類。それからサラダとスープと、デザートに果物がいっぱい。

父様と母様とにぃには、僕よりもパンもハムも量が多いよ。それからふふちゃんとグッピーは、ハムと果物がたくさん。スープは飲まないんだ。

「それじゃあいただこうか。いただきます」

「「「いただきます!!」」」

『いただきます!!』

『いただきますなんだぞ!!』

今日はみんなで朝ご飯を食べられて、僕は嬉しくてニコニコだよ。だって父様はいつもお仕事が忙しくて、一緒にご飯が食べられない日が多いんだ。


父様のお名前はウィルトン・グリフィス。公爵家の当主だよ。公爵家、僕はよく分からない。

母様のお名前はウィルトン・マリアン。２つ年上のにぃにのお名前はウィルトン・ジェレミー。

僕の名前はウィルトン・アルフィードだよ。みんな僕のことをアルって呼ぶの。

でも、僕ね。違うお名前もあるんだ。えっと辻本蒼空（つじもとそら）だよ。僕は前に、地球の日本に、パパとママと３人で住んでいる８歳の男の子だったんだ。もう少し前に、僕とパパとママは、地球で暮らせなくなっちゃったの。

あのね、絵本やテレビやいろいろな所で、神様って出てくるでしょう？　その神様が本当にいたんだ。神様はお爺さんのような見た目だったよ。

なんかね、新しい場所へ行く時は、みんなのことを忘れちゃうんだって。パパもママもだよ。だから寂しくないから大丈夫って。神様はそう言ったんだ。そして次にパパ達に会う時に、パパ達のことを思い出すんだって。

忘れちゃうから寂しくない？　忘れるのは寂しいでしょう？　でも忘れているから寂しくない……。う～ん。

神様のお話を聞いた後、別の場所へ行く前に、僕はパパとママと、いっぱいい～っぱいお話をしたんだ。パパ達と別の場所へ行くけどまた必ず会えるから、少しの間だけバイバイ。


でも新しい場所へ着いた僕は、パパとママのことも、神様達のことも忘れていなかったよ。

神様は新しい場所へ着いたら忘れているって言ったのに。

それに僕は僕のままじゃなかったんだ。僕は赤ちゃんになっていて、新しいパパとママとにぃにと家族になったの。だから僕にはパパとママが二人ずついるんだ。

新しいパパとママは、前の僕のパパとママみたいにとっても優しくて、前のパパ達に少し似ているんだ。違うパパとママだけどね。僕ね、新しいパパとママとにぃにのことがとっても大好きだよ。

それからふふちゃんとグッピーのことも大好き。新しい世界には地球にいない動物。えっと、この世界では魔獣っていうんだけど。魔獣さんは動物に似ていて、魔法を使えるんだよ。この世界にはそういう生き物がたくさんいて、人と仲良くなれる魔獣さんや、人を襲ってくる怖い魔獣さん、いろいろな魔獣さんがいるんだ。

そしてふふちゃんは、ハピネスアウルっていう、フクロウに似ている魔獣さんで、僕の両方の手を合わせて、その上にちょこんって乗れるくらい小さいんだよ。

グッピーはスモールピッグっていう、豚に似ている生き物で、やっぱりとっても小さいの。僕のお顔と同じくらいの大きさ。２匹とももう少しだけ大きくなるけど、成長しても僕のお顔より大きくはならないんだ。

そしてふふちゃんは僕の家族で、グッピーはにぃにの家族なんだ。えと、パパ達の家族でもあるけど、でも僕とにぃにのそれぞれの家族なの。

魔獣さんと特別な家族やお友達になれる魔法があって。あ、あのね、この世界には魔法があって、大人はみんな使えるんだ。それで僕はふふちゃんと、にぃにはグッピーと、家族やお友達になる魔法をパパに使ってもらったんだ。僕達はまだ小さくて魔法は使えないから。

この魔法は、ちゃんと魔獣さんが家族になってもいい、お友達になってもいいよって言ってくれないと使えない魔法なんだ。魔獣さんに無理やり魔法を使う人は捕まっちゃうんだよ。魔獣さんが嫌がっているのに、無理やりはダメだもんね！

僕とふふちゃん、にぃにとグッピーは、お友達じゃなくて家族になったんだよ。とっても大切な僕の家族なんだ。

それにね、魔法で家族やお友達になると、普通は動物みたいにお話はできないんだけど、魔獣さんとはお話ができるようになるんだ。

だから僕、大切なふふちゃんとお話ができて、とっても嬉しいんだ。グッピーともお話ができるし。魔法がなくても、いっぱいお話できればいいのになぁ。


そして僕は少し前に、３歳になったよ。この世界へ来てから３年。前のパパとママは今、何をしているかなぁ？

「今日は誰がアル達についていくんだ？」

「いつも通りアランとサイラスが」

「そうか。長期の訓練明けだが大丈夫なのか？」

「回復は完璧みたいよ。私も気になって試してみたけれど耐えていたから、大丈夫でしょう」

「試して？」

「ええ、最低限の攻撃をね」

母様、魔法を使ったみたい。僕、見たかったな。

「……そのせいで体力が削られたんじゃないのか？」

「大丈夫よ。本当に最低限ですもの。あら、今日の野菜はいつもよりも甘くて美味しいわね」

「旦那様、後に回復をいたしましたから大丈夫かと。怪我もそこまで酷くは」

「そ、そうか。まったくマリアンの普通は他とは違うっていうのに」

パパどうしたのかな？　ママはニコニコお野菜を食べているけれど、パパはちょっと疲れた？　困った顔をして、他の人に聞こえない声でオズボーンとお話ししているけど。

えっと、オズボーンは僕のお家で働いてくれている、筆頭執事だよ。それから他にも執事のユージーンとメイドのレイラと。他に僕のお家にはいっぱいの人が働いているんだよ。

さっきパパ達がお話ししていたアランとサイラスは、それぞれ僕とにぃにの護衛騎士さんなんだ。僕達をいつも守ってくれるの。

「もぎゅもぎゅ、もぎゅもぎゅ、ゴクゴク」

『パクパク、パクパク、ゴクゴク』

「ごくんっ‼」

『ゴクンッ‼』

「『ごちそうさまでした‼』」

今日は僕とふふちゃん、それからにぃにとグッピーのお友達と、一緒に遊ぶお約束をしていたんだ。だから急いでご飯を食べ終わったよ。だって遊びに行く前にちゃんと準備しなくちゃ。

昨日も準備したけど、今日も事前に準備と確認。

「こういう時は食べるのが早いな」

「子供なんてそんなものよ。楽しいことがあれば、いつもよりも早く行動するわ。アル、余計な物を持っていってはいけませんよ」

「は〜い‼　ふふちゃんいこ！」

『急いで準備！』

イスからズルッと滑るように降りて、レイラと一緒に僕のお部屋に戻ったんだ。それからお部屋の端っこに置いてあったおもちゃ箱を、ずるずる部屋の真ん中に移動させて、持っていくおもちゃを選ぶんだよ。

『アル、忘れ物しないようにする』

「うん‼　ぜんぶもってく‼」

これとそれとって、ふふちゃんと一緒におもちゃを選んでいくんだ。そして選び終わったら、昨日、先に準備しておいたリュックに入れておいたおもちゃを出して、今選んだおもちゃと一緒にもう一度確認。

「これでいいかなぁ？」

『うん、大丈夫。バッチリ！』

「そか‼」

おもちゃの確認が終わったら、リュックにおもちゃを入れていくよ。でも……。

『……全部入らない。でも二人で押し込む』

「うん‼　せ～の‼」

　選んだおもちゃが全部入らなくて、僕とふふちゃんは、リュックの中身をぎゅうぎゅう押したよ。

「……う～ん、はいらない」

『入らない。でも大切な物ばかり。もう１回押し込む』

「せーの‼」

　もう１回、リュックの中身を押し込む僕とふふちゃん。でもやっぱり荷物はリュックからはみ出たまま、リュックの蓋が閉まらないんだ。

「アル様、ふふ。少々おもちゃが多過ぎる気が。奥様も持っていき過ぎはいけないと。ボールやぬいぐるみなど、形や色が違っていても、同じ物が何個か入っておりますので、それを少し置いていってはどうでしょうか」

「う～ん、ふふちゃん、どうしよう」

『もう一度確認してみる。そっくりなのは置いていってもいいかも』

「うん‼」

　僕達はリュックを逆さにして、中のおもちゃをバサバサッ‼　と床に出したよ。それからもう一度おもちゃを確認。

同じようなおもちゃが何個か入っていたから、それを置いていくことにしたんだ。ボールとか乗り物のおもちゃとか。その代わりぬいぐるみはそのまま持っていくことにしたよ。お友達、みんなぬいぐるみが大好きなんだもん。

「これではいるかなぁ？」

『頑張って入れる』

確認が終わったから、またリュックにどんどんおもちゃを入れていったよ。そうしたらさっきはリュックから溢（あふ）れていたおもちゃが、今度はちょっとだけ溢れるくらいまでになったんだ。

「ふふちゃん、もすこし‼」

『アル、頑張る‼』

『「せーの‼」』

一緒におもちゃを押します。

「はいった‼」

『バッチリ‼』

蓋が閉まるまで、ちゃんとおもちゃが入ったよ。良かったぁ。これで完璧。みんなでいっぱい遊べるよ。

僕達がリュックの蓋を閉め終えた時、トントンとドアをノックする音がしたんだ。

『そろそろ遊びに行く時間なんだな』

レイラがドアを開けたら、にぃにがリュックを背負って、グッピーを頭に乗せて立っていたよ。

「じゃあ、そろそろ行こう。……アルのリュック、いつもみたいにパンパンだね。後ろに転ばないように気をつけないとダメだよ」

「うん‼」

『出発‼』

『出発なんだな‼』

にぃに達とレイラと一緒に、玄関ホールに行ったよ。そこにはもう、アランとサイラスがいたんだ。

「おはようございます、ジェレミー様、アル様」

「よう、おはよう」

「何ですか、その挨拶と言葉遣いは！　しっかりと挨拶を」

「まぁまぁ。こういった俺達だけで遊びに出かける時は、これでいいって言われてるだろう？」

「確かにそうですが、それでも挨拶は……」

「お前も少しは、俺みたいに状況に合わせろよ」

「おはよう‼」

「おはよ、ございます‼」

にぃにと僕は、元気な声でご挨拶。あのね、アランとサイラスはいつも喧嘩をしているんだよ。うんとねぇ、アランがいつも怒っているの。それでサイラスはいつも笑っていて。どうしてアランはいつも怒っているのかな？

あっ、でもね。アランは僕とにぃにには、いつもニコニコ笑ってくれるんだよ。

「何だアル、ずいぶんリュックがパンパンじゃないか」

「きょうはねぇ、おもちゃであそぶおやくそくしたの！　だから、いっぱいもってかないとぉ」

『全員で遊ぶの大変』

「ふふちゃんといっしょに、ぎゅうぎゅうおした！」

『それも大変だった。でも蓋は閉まった』

「ははっ！　確かにあの人数じゃあ、かなりの量のおもちゃが必要だな。それにしてもひっくり返りそうだな。アル、転びそうだと思ったら、ちゃんと俺達に言うんだぞ。俺達が持ってやるからな。怪我をしてもあいつらがいるから大丈夫だと思うが、それでも遊びの時間に治療されたくないだろう？」

「だいじょぶ！　ぼく、ころばない‼」

「まぁ、そりゃアルは転ばないと思っているだろうが。子供はいつコケるか分からんからな。よし、じゃあ出発しよう」

「しゅっぱつ‼」
『出発‼』

今日僕達が遊びに行く場所は、特別な道を通っていくんだよ。いつもはウマに似ている、アイスフォースっていう魔獣さんに乗せてもらったり、馬車に乗って移動したりするんだけど、今日の特別な道は、歩いて移動なの。

あっ、でもね、時々迎えにきてくれる魔獣さんがいて、今日はどうかな？　来てくれるかな？　ちょっと忙しいけど、来れたら行くよって言っていたけど。

それから魔獣さんは、魔法で家族になったりお友達になったりすると、お話ができるようになるけど、強い魔獣さんだと、魔法がなくても普通にお話ができるんだよ。迎えにきてくれる魔獣さんは強い魔獣さんだから、みんなとお話ができるんだ。

僕達はどんどん歩いて、お家の裏の方へ。それからまた歩いて、裏のお庭の掃除道具がいっぱいしまってある、小さな小屋まで来たよ。

そしてその小屋に入ったら、僕とふふちゃんとにぃにとグッピー、それからレイラはドアの前で、アランとサイラスが、１番奥に置いてある棚を退かすのを待つんだ。棚ね、とっても重いのに、アラン達はヒョイっと持ち上げちゃうんだよ。凄いでしょう。

棚を退かすと、棚の下には大きな板が置いてあって、今度はアランがその板を持ち上げるの。

そうすると扉が出てくるんだ。持ち上げる感じの扉で、すぐにサイラスが扉を開けてくれるんだよ。そして扉の中を魔法を使って明るくして覗き込むんだ。

「よし、いつも通りだな。じゃあ後のこと任せるぞ。帰りはいつも通り魔法で知らせる」

「お気をつけて」

あのね、特別な道だから、見つからないように隠してあるんだ。それで僕達が中に入ったら、レイラが扉を閉めて、板と棚を戻してくれるの。レイラもとっても力持ちで、サクっと棚を戻せちゃうんだ。

そして僕達が帰ってくると、サイラスが特別な石を使って、僕達が帰ってきたことをレイラに伝えてくれるんだよ。それでまた棚と板を退かしてもらって、僕達はこの小屋に出てくるんだ。

「レイラ、いってきます!!」

『行ってきます!!』

レイラにブンブン手を振って、階段を下り始める僕達。階段は2階建て分くらいの高さから下りていく感じ。えっとねぇ、地面の中にどんどん入っていくんだ。でもサイラスの光魔法がとっても明るいから、普通に歩けるよ。

そして1番下まで着くと、魔獣さんが待ってくれているんだ。時々迎えに来てくれる魔獣さんだよ。

「ターちゃん、おはよ‼」

「おはよう‼」

『おはよう』

『おはようなんだな‼』

『おう、おはよう！』

「来られたんだな」

『ああ、予定よりも早く用事が終わったんだ。さぁ、お前達、さっさと俺に乗って出発だ』

魔獣さんの名前はターちゃん。トラに似ている魔獣で、レッドタイガーっていう魔獣さんだよ。地球のトラさんよりも、2倍くらい大きいんだ。

自然で暮らしている魔獣さん達には、名前はないんだ。あんまり使わないから、名前はつけないんだって。でもターちゃんは、僕達と遊ぶなら名前があった方がいいだろうって、僕とふふちゃんが名前を考えたんだよ。だからレッドタイガーのターちゃん‼

アランが、僕とにぃにをターちゃんの背中に乗せてくれて、ふふちゃんとグッピーも乗ったら出発だよ。

少し進むと、今までは土の壁だったけど、今度は草やお花やツル、いろいろな植物でできている森トンネルに着いたよ。この森トンネルは、これから一緒に遊ぶみんなが作ってくれたんだ。

そしてその森トンネルを、どんどん進んでいく僕達。40分くらい歩くと、だんだんと登り坂になってきたよ。坂道になったってことは、もうすぐ出口ってことなんだ。

またまた10分くらいすると、花と草がたくさん生えていて、これ以上前に進めなくなるんだ。この花や草が詰まっている場所が出口なの。ターちゃんが前足でバシュッ‼　バシュッ‼　と引っ掻くと、バラバラと崩れる花と草の壁。

そうして壁の向こうへ出ると森に到着だよ。この森は、僕達が住んでいる街から1番近くにある森で、森トンネルは誰にも見られずに進める、特別なトンネルだったの。何で見られないようにするかは、これから会うお友達みんなのためなんだ。

『あっ‼　アル来た‼』

『お兄ちゃんも、ふふもグッピーも、ちゃんといるよ‼』

『みんな、アル達来たよ‼』

「こんにちわっ‼」

お友達の精霊や妖精達が僕達の周りに集まってきたよ。そして僕の体は、僕の体にひっついてきたみんなでいっぱいに。

「う、うごきにくい……」

「わわ、みんな、アルから離れて‼」

にぃにがみんなを僕から離してくれたよ。ふふちゃんとグッピーも手伝ってくれたんだ。僕はやっと動けるようになって、ふぃ〜ってため息。

僕みんなのこと大好きだけど、みんなにひっつかれるのはちょっとぉ。動けなくなっちゃうから困っちゃうの。何でみんなは、僕が遊びにくるとひっついてくるのかな？

離れてくれたみんなは、今度はターちゃんの頭の上や、ターちゃんの背中にひっついたよ。

『アル!!　いっぱい遊ぼうね!!』

『今日はずっと遊べる？』

『おやつも一緒？』

「うん!!　おやつもいっしょ!!」

『『やったぁっ!!』』

今度はあっちへ飛んだり、そっちへ飛んだり、地面を跳ね回ったり、ターちゃんの頭の上でジャンプしたりするみんな。

ターちゃんがジャンプするなって怒りながら頭をブルブル。そうするとみんながスルンと頭から滑り台みたいに下りて、クルクル宙返りしながら地面に着地。手を伸ばしたり、足をピッと伸ばしたりして、カッコいい着地のポーズをしたよ。

『今日も着地は完璧！』

『少しもヨタヨタしなかった』

『1歩も動かなかった』

『みんな1番』

『もう1回やる？』

『うん、そうしよう』

みんなターちゃんや、他の仲良し魔獣さんと遊ぶのが大好きなんだ。その中でも大きな魔獣さんの体の滑り台が大好き。

頭から滑り降りたり、足から滑り降りたり。それで空中をクルクル宙返りしながら着地。最後ピタッと動かずに着地した後に、自分がカッコいいって思うポーズをするんだよ。それで1番を決めるの。

1番は、クルクル宙返りしている時の格好や動き、それから着地した時によろよろしないとか、前や後ろに1歩も動かないとか。いろいろなことで決めるの。今日は全員が1番だったみたい。

『おい、お前達。中へ入らなくていいのか？　みんなアル達を待っているんだろう？　ここで自分達だけで遊んでいると怒られるぞ』

『そうだ！　みんなで遊ばなくちゃ!!』

『みんなで滑って遊ばなくちゃ!!』

『滑って遊びながら、アル達が持ってきてくれたおもちゃで遊ばなくちゃ!!』

『急いで中に入ろう!!』

みんなが僕の洋服や、ターちゃんの毛を引っ張るよ。

『おい‼　ヒゲを引っ張るな‼』

ターちゃんが頭をブルブル。今度は滑り台じゃなくて、いろんな方向に飛んでっちゃって、みんなキャキャキャキャキャ笑っていたよ。

それでブツブツ文句を言いながら、ターちゃんが進み始めようとしたら、サイラスが待ってくれって、僕達を止めたんだ。お友達が早く行こうってぷんぷん怒ったよ。

「みんな怒ってるよ」

「だろうな。表情や動きでそれは分かる。が、その前に、俺達にみんなの言葉が分かるようにしてくれって頼んでくれ」

「あ、そうか。サイラス達のこと忘れてたよ。ねぇ、みんな。サイラス達にみんなの言葉が分かるようにしてくれる？」

『あっ、忘れてたねぇ』

『アル達と遊ぶ時のお約束だもんね』

『ササッとやっちゃおう！』

『何で人間も獣人も、アルとジェレミーみたいに、僕達や妖精の言葉が分からないのかな？それに場所はアルしか分からないし』

『でも、みんなが分かったら大変だよ。勝手に僕達のお家に入ってきちゃって、僕達を虐めるかも』

『うんうん、それはダメだよね。アルやジェレミーみたいならいいけどさ』

『意地悪な人間や獣人、エルフに他の種族、いっぱいいるもんね』

今日遊ぶお友達は特別なお友達なんだ。ふふふっ、えっとねぇ、精霊さんと妖精さん達なの。精霊さんと妖精さん達は一緒に暮らしていて、森や林、海や岩場、いろいろな場所に住んでいるんだ。なるべく人間や獣人、エルフや他の種族の人達に見つからないように。

何で見つからないようにしているか。それは悪い人達が精霊さんや妖精さん達を捕まえて、意地悪するから。

あのね、精霊さんも妖精さんも、いろいろな特別な力を持っているんだ。えっと、みんなの魔法の力を強くできたり、怪我を一瞬で治しちゃったり。とっても強い力で攻撃したり、どんな攻撃も防いだり。

他にもいっぱいお花を咲かせたり、どんなに汚くなった水も、飲めるくらい綺麗に浄化してくれたり。他にもたくさんいろいろなことができるんだ。精霊さんも妖精さんも凄いよねぇ。でもそんな精霊さんや妖精さんの珍しい力を、自分達のために使おうとする、悪い人達がいるんだ。

この世界には人間だけじゃなくて、獣人やエルフ、鳥族や魔族、いろいろな人達がいるけど、みんな僕のパパやママやお兄ちゃん、それからお家で働いているみんなみたいに、優しい人達ばかりじゃなくて、悪いことばっかりする人達もいるんだ。

そんな人達が無理やり精霊さんや妖精さんを捕まえて、その強い力を悪いことに使おうとするの。みんな嫌なんだけど、でも言われたら力を使わざるをえなくなる、とっても悪い魔法があるんだって。

その魔法のせいで、捕まっちゃった精霊さんや妖精さんは逃げられないから、みんななるべく見つからないように、隠れて暮らしているんだ。

でもね、優しい人達の所には時々会いに来てくれたり、遊びに来てくれたりするんだよ。でもそれも隠れながら来て、遊んだ後はまた見つからないように帰るの。

精霊さんや妖精さんを虐めるなんて、そんな悪い人達はみんなパパ達にお仕置きされればいいんだよ。パパ達は悪い人達を捕まえてくれて、いつも罰を与えてくれているって、前にママが言っていたんだ。それがお仕事だって。ママも時々お手伝いするみたい。

他の街にも見張ってくれてる人達がいるし、だからみんなお仕置きされて、悪い人達が一人もいなくなっちゃえばいいのにね。

僕とにぃに、ふふちゃんとグッピーはみんなと仲良し。僕達はみんなに意地悪なことは絶対にしないもん。

『じゃあ、今からかけるから動かないでねぇ』

精霊さんと妖精さんが、アランとサイラスの周りを回ると、キラキラ綺麗な粉が舞ったよ。

魔法でキラキラした粉を出してそれをアランとサイラスにかけているの。

あのね、普通の人には、精霊さんや妖精さんの言葉が分からないんだ。パパ達が生まれる前でもないいし、じぃじとばぁばが生まれる、もっともっとずっと前から。

じゃあ、どうやってお話するのか。それはね、精霊さんと妖精さんが、特別な粉をかけてくれると、みんなは言葉が分かるようになるんだよ。精霊さんや妖精さんがお話ししたい、遊びたいって思った人にだけね。

でも、魔獣さん達は粉をかけてもらわなくてもお話ができるんだって、ターちゃんが言っていたよ。

だからアランもサイラスも粉をかけてもらわないとダメ。

でも僕とにぃには粉がいらないんだ。僕達は、粉をかけてもらわないのに、精霊さんと妖精さんとお話ができるんだよ。


僕が精霊さんと妖精さんと初めて会ったのは、１歳になって少し経ってから。その頃にはちょっとだけお話ができるようになっていたんだ。

僕ね、お部屋でにぃにと遊んでいたの。そうしたら窓の所から小さな声が聞こえてきて、見たらそこには小さな小さな精霊さんと妖精さんがいたんだよ。

僕は、初めて精霊さんと妖精さんを見て、ダダダッ‼　って駆け寄っちゃったの。そうしたらみんな逃げちゃって。その時、僕はとってもしょんぼり。

そうしたらにぃにが、初めてなのに勢いよく近づいたら逃げちゃうよって。静かにそっとだよって教えてくれて。それから、もしかしたらまた来てくれるかもって。だから僕、それから毎日精霊さんと妖精さんを待っていたんだよ。

そして1週間後、またみんなが来てくれたんだ。今度はダダダッ‼　って駆け寄らなかった僕。代わりににぃにがそっと近づいて窓を開けてくれたよ。

最初は窓の所から動かなかった精霊さんと妖精さん。だけどちょっとずつちょっとずつ、お部屋の中に入ってきて、最後は僕達の前に座ってくれたんだ。

僕はみんなを驚かせないように、元気よくだけど、小さな声でご挨拶したんだよ。

「こちゃ！」

って。僕、お話できるようになったけど、まだあんまりお話が上手じゃなかったから、『こんにちわ』が『こちゃ』になっちゃったの。でも精霊さんも妖精さんも分かってくれて、みんなもご挨拶してくれたんだ。

『こんにちわ‼』

『初めまして、人間の赤ちゃん‼』

『ちょっとお兄ちゃんの人間もこんにちは‼』

ご挨拶した後は、僕が自己紹介。僕の名前はアルですって。そうしたらみんなも自己紹介してくれて、名前がある子は名前を教えてくれたんだ。精霊さんも妖精さんも名前があったり、なかったり。

そして自己紹介が終わったら、この前はいきなり近づいてごめんなさいって、それから今日は遊びに来たの？　って聞こうとしたよ。でもその前ににぃにが、どうしてお話ししているの？　って僕に聞いたんだ。

どうして？　僕が考えていたら、精霊さんと妖精さん、みんなが『あっ‼』って。急いでお部屋から出ていったにぃに。それでにぃにはママを連れてきたんだよ。

最初、隠れちゃった精霊さんと妖精さんだったけど、僕が優しいママだから安心していいよって、一生懸命説明したら、再び出てきてくれたんだ。

それからにぃにがママに、僕が精霊さんと妖精さんとお話ししているよって言ったら、ママは、粉をかけてもらったのねって。粉？　何のことかと思っていたら、それがお話できるようになる粉のことだったんだ。

僕ね、粉をかけてもらわなくても、みんなの言葉が分かったんだよ。僕はその時よく知らなかったけど、ママもにぃにも精霊さんも妖精さんも、みんなビックリ。でもその後またビックリなことがあったんだ。

それから時々、僕の所に遊びに来てくれた精霊さんと妖精さん。そうしたら少ししてにぃにも、粉がなくてもみんなの言葉が分かるようになったの。だからママとパパはまたまたビックり。

精霊さんと妖精さんは、最初驚いていたけど、あとは面白いからって、どんどん他の精霊さんと妖精さん達を連れてきてくれたよ。それからずっと僕とにぃには、粉をかけてもらわなくてもお話ができているんだ。

あと他に、僕にはもう一つ、特別なことがあるんだよ。

『これで分かるようになった？』

「ああ、しっかりと分かるぞ」

『そ、じゃあ行こう‼』

みんなでぞろぞろ、住んでいる場所に向かったよ。

「アル、このまま真っ直ぐであっているのか？」

サイラスが僕に聞いてきたよ。

「うん‼　きょうのいりぐちはこっち‼」

「そうか。相変わらず、よく分かるな」

「さすがアル様です」

「さすがっていうか、変わってるっていうか」

「隊長？」

「ゴホンッ、あー、何だ。まぁいつも通りってことだな」

あのね、精霊さんと妖精さんは、隠れて暮らしているって言ったでしょう？　隠れているのに見つかったらダメだから、みんなが住んでいる場所は、他の人には見えないようにしてあるんだ。

それでね、僕やにぃに、ふふちゃんやグッピーとお友達になってくれた精霊さんと妖精さん達は、みんなが僕達をお家にご招待してくれたんで、この場所に来たんだよ。

そうしたら、水色で透明の大きな、丸を半分に割った感じのシャボン玉みたいな物が地面に置いてあって。そのシャボン玉を囲うように四角く光る部分が見えたんだ。

僕がそのことを言ったら、精霊さん達も妖精さん達もビックリ。シャボン玉みたいなのと四角い光る部分は、見えないはずのみんなのお家を守っている結界と、出入り口だったんだよ。

結界と出入り口は、言葉が分かるようになる粉魔法みたいなものではなく、どんな魔法を使っても絶対に見えないはずで、入る時はみんながドアを開いて、僕達は見えない出入り口にまっすぐズレないように進んで中に入るしかないんだって。でも、僕にはそれが見えたんだ。

それはいつ来ても同じ。必ず結界と出入り口が見えるの。にぃには、言葉は分かるようになったけど、結界と出入り口はいつ来ても見えないんだって。僕の特別のもう一つがそれだよ。

あと、強い魔獣さんには結界が見えるんだって。それでね、悪いことする人間や獣人みたいに、みんなのことを襲ってくる怖い魔獣達がいて、その魔獣達に襲われないように、仲良しの強い魔獣さんが、みんなのことを守ってくれているんだ。ちょうど今頃は、僕達のいる場所の反対側を見回りしているところだって。

そして今日の出入り口は、真っ直ぐに進んだ場所にあるんだ。出入り口はね、早ければ5分ごとに、毎回場所が変わるんだよ。

みんな自分が外に出たい場所や、帰ってきた所に自由に出入り口を作れるから、今は正面にある出入り口が、5分後には別の場所に移動しているかもしれないんだって。

『ささ、入ろう』

『はい、入り口開けたよ』

僕は見えているし、にぃに達はターちゃんに乗っているからいいけど、見えないアランとサイラスは、出入り口からズレないように、そっとそっと前に進むんだよ。みんなが完璧に結界の中に入ったら、急いで出入り口を塞ぐんだ。

そして中に入るとすぐに、たくさんの精霊さんと妖精さん達が集まってきたよ。

『アル、ふふ、ジェレミー、グッピーおはよう‼』

『『おはよう‼』』

「おはよ、ございます‼」

『おはよう‼』

「みんなおはよう‼」

『おはようなんだな‼』

みんなでご挨拶。僕達の周りは、動けないくらい精霊さんと妖精さん達で満員だよ。いっぱい……、ぎゅうぎゅうだよ。あんまりぎっしりで、さっきひっつかれた時よりももっと苦しい!?

「た、たすけてぇ～!?」

『埋まっちゃう‼』

『引っ張ってなんだな‼』

「サイラス、アラン！　助けて‼」

「お前達は毎回毎回、どうしてそうなんだ。そんなに何日も会ってなかったみたいに。一昨日遊んだばかりだろう」

「アル様‼」

アランとサイラスが僕達を引っ張って、精霊さんと妖精さん達の中から助けてくれたよ。ふぃい～、苦しかった。

『あっ、そっちの人間もおはよう』

『また来たの？』

『人間も獣人も、他の人達もさ、みんないつも忙しく動いてるけど、二人は暇なの？』

『みんなお仕事しないといけないんでしょう？』

『僕達もお仕事してるよね』

『あっ！　もしかしてお仕事あるのにお休み？』

『違うよ、それはお休みって言わないよ。サボってるって言うんだよ』

『サボリ⁉』

『お仕事おさぼりいけないいんだぁ～』

『『『いけないいんだぁ～‼』』』

精霊さんと妖精さん達、全員の声が重なって、とっても大きな声になったよ。

「おい！　サボりとは何だ、サボりとは！　俺達はしっかり仕事してるぞ！」

『え～？　仕事してるの？』

にぃにはみんなにお話ししたよ。

「サイラスもアランも、僕達と一緒にいることがお仕事なんだよ。いつも僕達の側にいてくれて、悪い人達や、怖い魔獣達から守ってくれるんだ。みんなも強い魔獣さんが守ってくれているでしょう？　それと同じだよ」

『僕達を守ってくれる魔獣達と同じ？』

『本当かなぁ？』

『う～ん、そっちの人間はお仕事しっかりしてそう。でもこっちの人間はフラフラしてそう。フラフラしてそのままサボっちゃいそう。そんな顔してる』

精霊さんが最初にアランを見て、その後サイラスを見たよ。

「おい、何だそれは⁉　俺はしっかり仕事してるっつうの‼」

「やはり分かる精霊と妖精にはバレちゃうんですね」

「お前まで何だ！　俺はしっかり仕事してるだろう‼」

「では、あの机の上の書類は？　私の席にまで溢れ出ていましたが？」

「……何のことだ？」

『ま、いっか。それよりもアル‼　早く遊ぼう‼』

「うん‼」

『真ん中の方に行こう‼』

サボりのお話は、よく分からないまま終わっちゃったけど、サイラスもアランもお仕事しているよね？　サボってないよね？

お仕事しないといけないのに、いっぱいお休みばっかりしていると、ママが凄く怒るんだよ。とってもとっても怖いの。だからパパも他の人達も、ママに怒られないように、お仕事は一生懸命しているんだ。

僕達はターちゃんに乗ったまま、精霊さんと妖精さん達は僕達の周りに集まり、みんなのお家の真ん中の方へ移動したよ。

結界の中はとっても広くて、外から見ても大きいんだけど、中に入るとさらにデカいんだ。特別な魔法で中をずいぶん広くしているんだって。

だから初めてここに来た時、僕はとってもビックリ。だって結界の何十倍も、広かったから。

中にはたくさんの木と花と草と、綺麗な大きな湖と、小さなお池、それからみんなのお家があるよ。みんな好きな場所に、好きなお家を作って住んでいるんだ。

可愛いお家から、穴を掘っただけのお家、藁を敷いてあるだけのお家、葉っぱで屋根を作ってあるお家、いろんなお家があるよ。

僕達が今向かっている場所は、みんなのお家が集まってる中心の方。そこには少し大きなお池があって、そこでいつも水遊びするの。

どんどん進んでいって、もう少しでお池が見える所まで来た時、ふふちゃんと1番仲良しのお花の精霊さんのピッキーが。

『あっ‼』

って。それからみんなに、止まって止まってって言ったんだ。みんな急に止まったから、前の精霊さんや妖精さん達にぶつかっちゃって、わー！　きゃー！　って。僕達の周りにいても、綺麗に並んで進んでいたみんながぐちゃぐちゃに。だからみんな、ピッキーに文句ブーブーだよ。

『もう！　途中で何？』

『急に止まると危ないんだよ！』

『お顔ぶつけちゃったよ！』

『ごめんごめん。でも今日はフラワータートルのフラが来てるから、そっちに行こうって言ってたでしょう？』

『あっ、そういえば』

『最初からそっちで遊べば、全部いっぺんに遊べるんだから、向こうに行かないと』

「フラさんいる？」

『うん‼　だから今日は滑り台できるよ』

「やたっ‼」

『楽しみ‼』

『たくさん遊ぶんだな‼』

「今日はあれ、できるかな？」

「あ〜、あいつが来てるのか。おい着替えは？」

「もちろん用意してあります」

「1回の着替えで済めばいいが」

今日は、フラワータートルのフラさんが来ているんだって。僕とっても楽しみ。ちゃんとお願いして、滑り台、いっぱいやらせてもらおう！

フラさんは、亀に似ている魔獣さんなんだけど、とってもと〜っても大きな亀さんなんだ。地球の2階建てのお家くらい大きいんだよ。

それから甲羅には、たくさんの可愛いお花と草が生えているんだよ。フラワータートルの甲羅にしか咲かない花ばっかりで、フラさんはこのお花をとっても大切にしているんだ。

時々フラさんは精霊さんと妖精さん達の所に来て、僕達と一緒に遊んでくれるんだよ。お花は甲羅の真ん中に咲いているから、甲羅の周りには乗ってもいいって。

だから僕達は足から登らせてもらって、後ろのしっぽの方に滑って遊ぶの。大きな滑り台みたいでとっても楽しいんだ。

そして遊んだら一旦帰るんだけど、また少ししたら遊びに来てくれるんだよ。大きな体のままだと歩きにくいし、フラさんのお花はとっても珍しいお花だから、悪い人達が無理やり盗ろうとするらしいんだ。大きな体のまま移動していたらすぐに見つかっちゃうから、フラさんは魔法で体を小さくして移動するんだ。僕の両手に乗るくらいの大きさになれるの。

それから小さくなると、とっても速く歩けるようになるから、その体で移動するんだ。僕が走るよりももっともっと速いよ。僕、前に競走したら、後からスタートしたはずのフラさんに抜かされちゃったの。1周遅れでした。

『フラさん、新しいお花が咲いたんだよ』

「かわい、おはな?」

『うん！　黄色とピンクのお花。最後にみんなで水をあげようよ！』

「うん‼」

フラさんと遊んだ日は、バイバイする前にみんなで、フラさんの背中のお花にお水をあげるんだ。遊んでくれてありがとうのお水。フラさんは自分でお花にお水をあげられるんだけどね、僕達はお礼のお水。フラさんは、水魔法が得意だから、あとはお池に潜っちゃえばお水はいらないけど、お礼は大切だもんね。

今まで中心方向に真っ直ぐ向かっていた僕達。でも今度は斜めに進み始めるよ。大きな湖の方へ行くの。そして少し進むと、フラさんのお花が咲いている甲羅が見えてきて、あとちょっと歩くとフラさん全部が見えてくるんだ。もう精霊さんと妖精さん達が遊んでいたよ。

僕達は遊ぶ前にフラさんにご挨拶。

「フラさん、こんにちわ‼」

『こんにちわ‼』

『こんにちわなんだな‼』

「こんにちは‼」

『あ、みんな来た！　今日は一緒に遊べてよかった。僕この前来た時は遊べなかったから。今日はいっぱい遊べる？』

「うん！　いっぱい‼」

『やったー‼』

まずはフラさんの滑り台で遊ぶ前に、持ってきたおもちゃを出したよ。みんなが遊びたいって言ってたおもちゃ。フラさんの滑り台と交代で遊ぶんだって。全員じゃ足りないもんね。

『これ、馬車』

「うん！」

『乗ってみたい』

『みんなつめて乗る。３匹は乗れる』

『うん』

ボールで遊び始めたり、ぬいぐるみで遊び始めたり、僕の近くにいる妖精さんは馬車のおもちゃで遊ぶって。小さい精霊さんと妖精さんなら３匹は乗れるよ。ちょっと大きい子は１匹。

あっ、あっちの子達は、おままごとを始めたよ、後で僕も一緒にやろうっと。あっ、向こうの子はリボンで縄跳び始めた!! 凄い、宙返りもしているよ。羽があるからひょいってできちゃうのかな？

精霊さんにも妖精さんにも、いろいろな子がいるんだ。人の姿に翼が付いている子、スライム姿の子もいるし、ウサギみたいな姿の子もいるし、蝶々とかトンボみたいな姿の子も。

他にも小さい姿なのに、サイみたいな姿だったり、くまさんみたいな姿だったり。数えきれないほどいっぱいいって、パパ達が言っていたよ。そしてみんな翼があるからスイスイ飛べるんだ。

「アル、滑り遊びの後は、フラさんとボールで遊ぶ？」

「うん!!　そのあとはおままごと!!」

「ふふとグッピーは？」

『僕も滑り遊び』

『俺もなんだな！』

「じゃあ一緒に行こう」

みんなでフラさんの足の所に行って、先にアランがフラさんの足を登るんだ。僕はまだ一人じゃ大きなフラさんに登れないから、アランに乗せてもらうんだよ。にぃには一人で登れるけど、でももしかしたら落ちちゃうかもしれないから、サイラスが後ろからついていくんだよ。

ふふちゃんとグッピーは飛べるから大丈夫。それから精霊さんと妖精さん達は、飛べる子が飛べない子を運んでくれるから平気なんだ。僕も飛べたらいいのに。飛べる魔法とか、風の魔法とかを使って飛べないかな？　う〜ん。

「さぁ、アル様」

サイラスが僕を抱き上げてくれて、アランに僕を渡したよ。それからアランが足の少し上の部分に僕を乗せて、上まで登ってから僕をひょいって引き上げてくれるんだ。

そうやってフラさんの足と甲羅をどんどん登っていって、滑り台で並んでいる精霊さんと妖精さん達の後ろに並ぶんだよ。ちゃんと並ばないとダメダメ。

フラさんの甲羅もしっぽも、とってもよく滑るんだ。でも甲羅の上の部分は滑らないから、僕達はちゃんと歩けるし、滑る準備ができるんだよ。

順番を待っている間に、ピッキーがどのお花が新しいお花か教えてくれたよ。ピンクでハートの形の花びらのお花と、ま〜るい花びらがいっぱいで、ふわふわの黄色いお花だったよ。二つともとっても可愛いお花なの。

「フラさん‼　あたらしいおはな、かわい‼」

『え？　アル、何かいった⁉』

「あたらしいおはな、かわい‼」

『え⁉　何⁉』

「あーたーらーしーいー、おーはーなー、かーわーいー‼」

『え⁉』

んもう‼　フラさん大きいから、しっぽの方にいると、声が聞こえない時があるんだ。

「アル、後で伝えよう。ね。フラさん‼　後でお話‼」

『分かったぁ‼』

なんでにぃにの声は聞こえるの？　もう‼　大きな声でお話ししているうちに、僕達の順番になったよ。最初にふふちゃんとぐっぴーが、次に僕とにぃにが滑るんだ。

甲羅を滑って、ちょっとだけぴょんって下に降りて、その後しっぽを滑って、最後は湖に浮いている大きな葉っぱの上に着地。

大きな葉っぱは、葉っぱの精霊さんが魔法で出してくれたもので、水の上に浮いていて、僕とにぃにが乗っかっても沈まないの。

『ふふちゃん行く‼』

『行くぞー‼　危ないんだな、下どいてなんだな‼』

先に滑った子達とぶつからないように、葉っぱの上に誰もいないか確認してから滑るよ。

『滑っていいよー‼』

『グッピー！　行こう‼』

『行くなんだな‼』

シューッ‼　下にいた子が返事をしたので、ふふちゃんとグッピーが頷きあった後、一緒に滑っていったよ。

次は僕とにぃに。僕が甲羅の上に座り、僕の後ろににぃにが座って、前と後ろで一緒に滑るんだ。座っている間に、ふふちゃんとグッピーの声が聞こえたよ。

『アル‼　退いた‼　滑って大丈夫‼』

『ジェレミー‼　滑って大丈夫なんだな‼』

「うん‼」

「分かったぁー‼　アル行くよ‼　途中で動いちゃダメだからね」

「うん‼」

「よし、出発‼」

「しゅっぱつ‼」

にぃにがお尻を使って前に進んで、僕とにぃには一気に甲羅を滑り始めたよ。シューッ‼ すぐに甲羅は終わり。甲羅が終わる時にちょっとだけぴょんって飛んで、しっぽに着地。次にしっぽを滑り始めるんだ。

「ひょ～‼」

「いえ～い‼」

シューッ‼ と滑ってあっという間に終わり。最後はしっぽの先が少しだけ上に向いているから、そこをぴょんと飛んでバシャンッ‼ 綺麗に葉っぱに着地したよ。

着地すると葉っぱは沈まないけど、周りの水がバシャッ‼ と僕とにぃににかかっちゃった。でも今日は暑い日だったから、とっても気持ちがいいんだ。

「にぃに、ピッタリ‼」

「うん‼ 真ん中に降りられたね‼ さぁ、次の子が来るから退こうね」

「うん」

「さぁ、二人とも降りるぞ」

滑らないで普通にフラさんから降りたアランとサイラスが、僕達を迎えにきてくれたよ。二人は洋服を着たまま湖に入っているんだ。僕もにぃにもアランもサイラスも、みんなお着替えを持ってきているからお水に濡れても大丈夫。

「にぃに、も1かい‼」

「うん‼」

それからさっきみたいにまた甲羅に登って、2回目の滑り台。2回目はちょっと違う滑り方をするんだよ。

滑るまでは一緒なんだけど、今度はにぃにがお尻で進んでから滑るんじゃなくて、アランがにぃにを押してくれるの。それで押す時ににぃにを回してくれるんだ。

そうするとにぃにと一緒にいる僕も回って、コマみたいに回転しながら滑っていくの。そのまま滑るのも面白いけど、回って滑るのはもっと楽しいんだ。

「押しますよ。気をつけてくださいね」

「くるくる～！」

周りの景色がクルクル変わりながら、どんどん滑っていって、最後、水に着いた時は、近くにいた妖精さんが魔法を使ってくれるから、少しの間お水に沈まずに、お水の上でクルクル回っているんだ。

僕とにぃに、ふふちゃんとグッピー、妖精さんと妖精さん達も一緒に回り始めて、みんなでクルクルクル～。とっても楽しかったよ。

第2章　精霊さんと妖精さん、フラさんのプレゼント

フラさんの滑り台でいっぱい遊んで、とっても楽しかった僕。でも滑り台はおしまい。だってフラさんと別のお遊びをするんだもん。

「フラさん‼」

『アル、ジェレミー、ふふ、グッピー！　もう滑り台はいいの？』

「フラさんといっぱいあそぶから、すべりだいおしまい！」

「早く遊ばないと、時間がなくなっちゃうもん」

『そっか‼　何して遊ぶ？　お花のボールでいい？』

「うん‼」

『お花のボール、難しい。でもとっても楽しい』

『オレ、花のボール、とっても上手だぞ！』

『じゃあ今作るね』

フラさんがそう言った後、フラさんのお顔の前に、白い光が現れたんだ。今、フラさんはボールを作っているんだよ。えっと、お花のボール。僕のお顔より少し小さな花の種に、花びらを何枚もくっつけているよ。

とっても楽しいボールなんだ。凄く軽いから、そっと投げると空中をフワフワ浮かんでゆっくり落ちてくるのに、強く投げると普通のボールみたいに、ヒュンッて投げられるの。

投げる時の力の入れ方がとっても難しくて、ボールがにぃに達やフラさんになかなか届かなかったり、フワッと飛び過ぎちゃったり、変な方向に飛んでいっちゃったりするんだ。でも、どこにいくのか分かんなくて、みんなで追いかけるのも、凄く楽しいの。

それから何もしていない時は、僕の背と同じくらいの高さの辺りをフワフワ浮いているんだ。必ず誰かのそばで浮いているから、どこかになくなったりしないんだよ。

『今日は水色のお花ボールだよ』

「みずいろ‼」

「わぁ、今日はとってもフワフワだね」

『ワタ花を使ってみたんだ。この前はボコボコ花を使ったからね』

お花ボールはいつも違うお花だよ。この前遊んだ時のは、ちょっとゴワゴワしている花びらを使った、ゴワゴワお花ボールだったの。その前の時はスベスベお花ボール。今日はフワフワお花ボールだよ。

『アル、ボクは向こう行く‼』

「えと、ぼくはあっち！」

「じゃあ僕はこっちにしようかな」

『オレも向こうなんだな‼』

みんな別々の場所に行ってお花ボール投げをするよ。アランとサイラスは、僕達の周りを行ったり来たり。時々お花ボールがなかなか捕れない時があるから、アランとサイラスがお手伝いしてくれるんだ。

『じゃあボクから投げるね！　アル行くよ！　それ‼』

フラさんが手じゃなくてお鼻でフンって、お花ボールを僕の方へ飛ばしてきたよ。フラさんはどこにでもピッタリ投げてくれるから、僕は動かなくても立っているだけでお花ボールが捕れちゃうんだ。僕達が投げるとバラバラなのに、どうしてピッタリ投げられるのかな？

「フラさん、ピッタリ‼」

『ふふん、そうでしょう』

「えと、つぎはふふちゃん‼」

『アル！　こっちにしっかり！』

「ふんっ‼」

僕は思いっきりふふちゃんの方へボールを投げたよ。そうしたらボールはふふちゃんの方へ行かないで、僕の目の前に落ちちゃったんだ。お水の上で遊んでいるから、お花ボールがお水で跳ねて、グッピーの方へ飛んでいっちゃったよ。

『捕ったなんだな‼』

「ありゃあぁぁ」

『アル、失敗。残念！』

「つぎはがんばる‼」

『ジェレミー、いくんだな‼』

「いつでもいいよ‼」

『とおっ、なんだな‼』

「おっとっと」

グッピーの投げたボールは、上に下に揺れながらにぃにの方に飛んでいって、にぃにの頭の上を通り過ぎそうになったけど、にぃにはちょっとジャンプして、しっかりお花ボールを掴んだよ。

「ふぅ、危ない危ない。じゃあ次はフラさんに。フラさん、投げるね‼」

『うん‼』

「それ‼」

お兄ちゃんの投げたお花ボールは、今度は横にゆらゆら揺れながら、フラさんの左前足の方に飛んでいったよ。フラさんがバサァッ‼　と左前足を出すと、ヒョイと足先にボールを乗せたんだ。

それからヒョイとお花ボールを浮かせて鼻先に乗っけたよ。僕もにぃにもふふちゃんもグッピーもみんな拍手。

「はぁ、それにしても本当に不思議なボールだな。どうやったらあの動きができるんだ。種に花びらを巻いただけだろう」

「作っているのは彼ですからね。ただ作っているように見えても、何かの魔法が作用しているんでしょう」

「それにしたってあの動きはな。意志があって、子供達を楽しませようって感じの動きだよな」

「アル様が楽しければ私は何でもいいです」

「……お前は本当にアルだけだな」

急いで戻って、今度は僕が投げる番。次はグッピーに投げるよ。シュッ‼　おおっ‼　今回はまっすぐグッピーの所に投げられたよ‼　投げられた？　う～ん、飛んでいっていない。

今は水の上をシュルルルって、お花ボールが転がっていったよ。僕、上に投げたのに何で？あっ！　グッピーがふふちゃんに投げたら、今度はふんわり、ピッタリふふちゃんの所に飛んでいった‼

みんなで何回もお花ボールを投げて、いつも違う風に飛んでいって。お花ボール、とっても楽しかったよ。

そしてお花ボールで遊んだ後は、みんなでお昼のご飯を食べたんだ。みんなの食べるご飯がバラバラ。精霊さんと妖精さんは、特別なご飯を食べるんだよ。うんと食べると力が出るご飯だって。お花を食べたり、石を食べたり、お水を凍らせて食べたり、いろいろだよ。

僕達は、お家から持ってきたご飯を食べたよ。今日はサンドイッチと果物をいっぱい。僕はハムのサンドイッチが大好き。お野菜のサンドイッチは……、あんまり。

にぃにはどんなサンドイッチも大好き。お野菜のサンドイッチもどんどん食べちゃうんだ。

ふふちゃんとグッピーも、何でも食べられるんだよ。地球の鳥さんや豚さんは、同じご飯ばかり食べる子達が多いし、この世界の魔獣さん達も、食べられるものが決まっている子達がいるよ。

ふふちゃんとグッピーは何でも大丈夫。お肉もお魚もお野菜も、全部食べられるんだ。お野菜が嫌いなのは僕だけ……。何でみんなお野菜好きなのかなぁ。

お昼のご飯を食べた後は、みんなでちょっとゴロゴロ休憩。でもすぐに休憩は終わり。今度はみんなでおままごとをしたよ。フラさんも精霊さんも妖精さんも、みんな一緒のおままごと。

いつもにぃにと、ふふちゃんとグッピーとおままごとする時は、お母さんとかお父さんとかお兄ちゃんとか、役を決めるだけでいいけど、今日はいっぱいだったでしょう？　だから誰がナニをするか決めるのが大変だったよ。

隣のお家の人の役をした精霊さん達に、お友達役の妖精さん達、ご飯屋さんのフラさん。みんないろいろな役をやったんだ。全部のお店やお家、1周したらおままごとの終わりの時間になっちゃったよ。

『全員は大変なんだな』

『でも面白かった。またやりたい』

『うん、うん、ボク達もまたやりたい！』

『街ができたみたいで面白かったね！』

『今度はおままごとだけしてみようか！』

『それいいかも‼』

『じゃあ今度はおままごとだけして遊ぼう！　みんな約束‼』

『『約束‼』』

「やくそく！」

『約束、忘れない！』

『約束なんだな！』

「おままごとの道具、もっと集めておかないとダメかも」

みんなで次のおままごとのお約束だよ。ちゃんとフラさんのいる時にやるから大丈夫。だってフラさんも僕達の大切なお友達。フラさんだけおままごとなしはダメだもん。

おままごとのお約束をした後は、みんなでおやつを食べたよ。今日のおやつはクッキーだったよ。

えと、サンドイッチや美味しいご飯を作ってくれるロジャーが、精霊さんと妖精さん達用の、特別クッキーを作ってくれるの。精霊さん達サイズの小さなクッキーだよ。ちゃんとみんなに2個ずつ配れるように、多めに作ってくれたの。

多めで良かったぁ。だって多めじゃなかったら、フラさんのクッキーなかったもん。全員に配って、残りを全部フラさんに。

そうしたらフラさんは魔法を使って、小さかったクッキーを全部まとめて、大きなクッキーを作っちゃった。僕の顔と同じくらいのクッキーだよ。うんうん、このサイズなら、フラさんも大丈夫だね。

それからみんなでジュースの代わりに、ジュースみたいに甘～いお汁がいっぱい出てくる、木の実を一つずつ用意して飲んだんだ。プルルっていう木の実で、味は葡萄味。とっても美味しいんだよ。

「いただきます!!」

『『いただきます!!』』

サクサク、もぎゅもぎゅ、ゴクゴク!! う～ん美味し!!

「ほら、アル、お口にクッキーが付いてるよ。それに気をつけて飲まないと、洋服に果汁が溢れちゃうよ」

「にぃに、おいしいね‼」

「うん、美味しいね」

おやつ、とっても美味しくて、すぐになくなっちゃったよ。

そしておやつの後は、みんなが遊びたいことを少しだけやって、今日の遊びの時間は終わりだよ。

みんなで持ってきたおもちゃをちゃんとお片付けして、忘れ物がないか確認。でも僕が確認しても、いつも何か忘れているから、アランが1番最後に確認してくれるの。

「アル様。こちらのぬいぐるみをお忘れですよ」

『ぬいぐるみ、大変！　しっかりしまわなくちゃ！』

「うん‼」

危ない危ない。やっぱり忘れ物があったよ。ちゃんとリュックにしまわなくちゃ。ん？　あれ？　リュックが閉まらない？

みんなでぎゅうぎゅう押したけど、リュックにぬいぐるみが入らない。来る時はちゃんと閉まったのにどうして？

「あ～、遊んで水に濡れたやつが膨らんだんだろう。そのぬいぐるみは俺のカバンに入れてけばいい。それとそっちの、濡れているおもちゃもこっちに入れろ。それじゃあリュックが重過ぎて、アルじゃ持てないぞ」

リュックに入れたおもちゃを1回出して、乾いているおもちゃだけリュックに入れたよ。そういえば濡れているおもちゃ、いつもよりも大きいかも？

「水に濡れると膨らむ物があるんだよ。だから今度からはもう少し……」

サイラスがお話ししている時に、精霊さんと妖精さん達が、ブワッと僕達の周りに集まってきて、お話を始めたんだ。今度遊ぶ日のお約束だよ。

『次は2日後？』

『うん、そうだね』

『だってアルとジェレミーのお父さんとお母さんは、毎日はダメって言ったもんね』

『毎日遊べたらいいのにね。どうして毎日はダメなのかなぁ』

『毎日がいいに決まってるのにね』

『あ、でもでも。そうしたらアル達に渡すお土産、集められないかも』

『そうかも!!　じゃあやっぱり2日後がいいかも』

『探せるし、準備できるもんね』

『アル！　ふふ、グッピー、ジェレミー。また2日後に遊ぼうね!!』

『『『遊ぼうね!!』』』

「うん!!　おやくそく!!」

『約束大事！』

『絶対遊ぶんだな‼』

『それから今日のプレゼント！　どうぞ‼』

『『『どうぞ‼』』』

精霊さんと妖精さんが、僕の手に青色の石を４つと、にぃにの手の上に、黄色の石を４つ載せたよ。僕とにぃにとふふちゃんとグッピー、４人分のプレゼント。

あのね、精霊さんと妖精さんは、遊びに来ると必ず僕達にプレゼントをくれるんだ。何でプレゼント？　前ににぃにが聞いたら、大切な友達にはいつもプレゼントするんだって。ふふっ、大切なお友達。

それと、美味しいご飯やおやつのお礼だって。あとは何か嬉しいことがあると、遊んでない日も、プレゼントを持ってきてくれるんだよ。

『今日のプレゼントは、光る石だよ。こうやって、叩いたり踏んだり、投げたり、石に衝撃を与えると光るんだ』

『ボクがやってみるね』

花の精霊さんのピッキーが、僕の持っていた石を叩いたんだ。そうしたらポワッと青色に石が光ったの。とっても綺麗な光だよ。

「ふおお‼　すごい‼」

『光る石‼』

『凄いなんだな‼』

「わぁ、不思議な石だね‼　ほら、みんなプレゼントを貰った時は？」

「ありがとうございます‼」

『ありがとう‼』

『ありがとうなんだな‼』

「みんなありがとう‼」

『『『どういたしまして‼』』』

『ほら、なくさないように忘れないように、早くリュックにしまって！』

「うん‼」

サイラスのカバンに濡れたおもちゃを入れたから、ちゃんとリュックに石が入ったよ。

「ピッタリ‼」

『ちゃんと入った。良かった良かった』

みんなでうんうん頷きます。

「あ〜、俺は今度から、もう少しおもちゃを少なくした方がいいと、言おうと思ったんだが。どうせ帰りには、荷物が入らなくなるだろうからと」

「無理でしょうね。きっと空いた分だけ、彼らはプレゼントを持ってくるでしょうから。減らしたところで変わらないでしょう。いつでもアル様のリュックは満杯になるでしょう」

「はぁ、だよな」

ん？　どうしたんだろう？　サイラスがなんか変な顔している。何のお話ししているのかな？

　精霊さんと妖精さんとお約束とありがとうした後は、フラさんとお約束だよ。

『僕は６日後に遊びに来るよ』

『じゃあその時に、おままごとだね』

『おままごとに必要な物、集めておかなくちゃ』

『アルも、おままごとのおもちゃ、持ってきてね』

「うん‼　いっぱいもってくる！」

『いっぱいないとダメ』

『ジェレミー、オレ達もいっぱい持ってくるんだな！』

「僕のおままごとのおもちゃ？　う〜ん、アルみたいにいっぱいないから、僕も探して準備しなくちゃ」

「はぁ、６日後は荷物が大変だ」

「私もカバンを余計に用意しなければ」

「お前まで気合い入れてどうする」

みんなでおままごとは、全員が一つずつ持てるように、おもちゃはいっぱいないとね。それに木の実の殻とか、小さなビー玉みたいな石とか、おままごとのご飯に使うやつも、たくさんいるよね。準備頑張ろう‼

『あと、今日の僕のプレゼント。はい、お花の乗り物』

フラさんがちょっとだけ体を揺らしたら、背中の方から、茎がついたままの、大きなピンク色と青色と黄色とオレンジ色の、大きなお花が飛んできたんだ。それが、僕とにぃにとふふちゃんとグッピーの前で、浮いたまま止まったよ。

『そのお花は、僕が魔力を使わなくても、ずっと浮かんでるお花なんだ。ちょっと乗ってみて』

『オレが乗るなんだな‼』

グッピーが飛んで、ササッとお花に乗ったんだ。お花は乗った時、少しだけ下がったけど、すぐに最初の高さに戻ったよ。

『花、浮いてるなんだな‼』

『前に進む時は自分の前の花びらを少し押してみて。止まる時は離すんだよ』

『分かったなんだな‼』

グッピーがそっと、花びらを押したんだ。そうしたらお花がゆっくり動いて、グッピーが手を離すと、お花が止まったよ。

「グッピーすすんだ‼」

『動いた‼』

『簡単でしょう？』

『押しただけなんだな！』

『押してる時に花びらを左に強く押すと左に、右に強く押すと右に曲がるよ。それから花びらを自分の方に引っ張ると浮いて、元に戻すと最初の高さに戻るよ。アルは最初、練習しなくちゃいけないかもしれないけど、飛ぶ花面白いから、今日のプレゼント』

「フラさん、ありがと‼」

『ありがとう‼』

『ありがとうなんだな‼』

『ありがとう、フラさん‼』

「おいおい、なんて物を」

「これは確実にあの部屋行きですね」

『今も言ったけど、練習しないといけないかもしれないから、今日帰る時乗るなら、アラン達に押してもらってね』

「うん‼」

「おい、これはどれだけスピードが出るんだ？　それに高さは？」

『スピードは、アルが全力で走ったくらい。飛ぶのはサイラスの背よりも、少し高いくらいだよ』

「分かった。やっぱり練習させて、誰かがいる時だけ、乗せるようにしないとダメだな」

「そうですね」

それぞれお花に乗って、お家に帰るよ。僕やにぃにが乗っても、大きなお花だから大丈夫。僕はピンクのお花に乗ったよ。

乗るとふわんふわんして、とっても不思議な感じがしたんだ。それからお花はふわふわで、凄く気持ち良かったよ。

『あっ、花は丈夫だから、どんな引っ張っても千切れないから安心してね』

「そういえば、ずっと飛んでいるとも言ったな。それもどのくらいだ？」

『ずっとはずっとだよ。アル達が大人になっても、おじさんになっても飛んでるよ。元々僕の魔力から作られた花だから、僕がこれ以上花に魔力を流さなくてもいいくらい、もう十分に魔力が入ってるからね』

「……そうか」

「旦那様と奥様に報告ですね」

光る石に、ずっと飛んでいる、千切れないふわふわなお花。ふふふっ、嬉しいなぁ。

「いいか、絶対に手を離したり、立ったりするんじゃないぞ」

「アル様、しっかり掴まっていてください」

「はい‼」

「よし、そろそろ帰るぞ」

『僕はここでバイバイだね。６日後、おままごとして遊ぼうね‼』

「うん‼」

『アル、ジェレミー、ふふ、グッピー、バイバイ‼』

「ばいばい‼」

『バイバイ‼』

『じゃあなんだな‼』

「バイバイ‼」

　フラさんは体が大きいから、ここでバイバイなんだ。精霊さんと妖精さん達は、トンネルでバイバイなの。道を曲がってフラさんが見えなくなるまで、僕はずっとフラさんに手を振ってたよ。にぃにとふふちゃんとグッピーも。

　アランとサイラスのお約束。片方の手は絶対にお花から離さないで、立ったりもしないで、バイバイしたよ。フラさんも見えなくなるまで、大きな手でバイバイしてくれたんだ。

　フラさんが見えなくなってからは、精霊さんと妖精さん達と、２日後に何をして遊ぶか、お話ししながらトンネルまで行ったよ。おままごとは今度フラさんとするから、別のお遊びがいいねって。

宝物探しや、探検ごっこがいいかもって。精霊さんと妖精さん達が住んでいる場所には、面白い物、珍しい物がいっぱいで、住んでいる精霊さんと妖精さん達も、見つけていない宝物がいっぱいなんだ。

『じゃあ、宝物探しにしよう！』

『湖の近くにしようか』

『いつも何か違うものが見つかるもんね』

宝物探しに決定‼　スコップとかバケツとか、忘れないようにしなくちゃ。

『じゃあ、またね‼』

『ちゃんと遊びに来てね！』

『約束だよ！』

「うん‼　ばいばい‼」

トンネルまで着いてバイバイした後は、先に僕とふふちゃんがアランと一緒に中に入ったよ。

「しっかり結界を張るんだぞ」

『大丈夫、僕達失敗なんかしないよ』

『もし誰か来て、何かするならすぐに追い返すし』

「それでも気をつけるんだぞ」

「バイバイ！」

にぃにとグッピー、サイラスがトンネルに入ってきて、すぐにドアを閉めたんだ。ドアは他の人に見えないように、精霊さんが魔法で隠してくれているんだよ。

そしていつもみたいにどんどんトンネルを通って、僕のお家の方のドアまで着いて、アランがドアを開けると、レイラが待ってくれていたよ。

「レイラ！　ただいま‼」

「ただいま！」

『ただいま帰りました！』

『ただいまなんだな』

「お帰りなさいませ。いい乗り物に乗っておいでですね」

「フラさんのプレゼント‼　せいれいさんとようせいさんにも、かっこよくてかわいいプレゼントもらった‼」

「そうですか、良かったですね」

「ほら、話は後だ。ドアを閉めるぞ。それと屋敷までなるべく止まらずに行くからな。もしも誰かに見られたら大変だ」

サイラスが、サッとドアを閉めて、僕達はすぐにお家に帰ったよ。玄関ホールに着いたら、僕達はお部屋に行かないで、夜ご飯の前にお風呂に入りましょうって。

「アラン、これはお前が部屋に持っていってくれ。俺はこのまま二人の護衛をする」

「了解しました。アル様、しっかりとお部屋にお運びいたします」

アランがお花と、僕とみんなのリュックを持って歩いていったよ。僕達はサイラスとレイラとお風呂だからね。

お風呂の後は、夜のご飯まで、みんながまったりするお部屋でゴロゴロ。少ししてお仕事が終わった父様と母様が来て、すぐにご飯になったよ。

「ジェレミー、アル、ふふとグッピー。今日は楽しかったか？」

「うん‼　たのしかった‼」

『いろんなことした、楽しかった』

『新しい技で滑ったんだな‼』

「そう、楽しかったのなら良かったわ」

「フラさんがいたんだ。また遊ぶお約束したよ」

「いつだ？」

「いつもみたいに2日後は、ピッキー達と遊んで。フラさんは6日後。あっ、いろいろ用意しないといけないんだ。あのね……」

にぃにはおままごとのお話をしてくれたよ。早くみんなと遊びたいなぁ。ちゃんと準備もしないとダメ。2日後の宝物探しの用意と、おままごとの準備。……ちょっと忙しい。でもちゃんと用意するもんね‼

＊＊＊＊＊＊＊＊

食事の後、私グリフィスと皆は部屋を移動し、ジェレミー達の話を聞きながらゆっくり過ごした。どのくらい経ったか、途中でアルとふふが船を漕ぎ出したのを見て、最初アランがアル達を運ぶと言ったが、私が連れていくと止め、二人を自分の部屋に移動させた。

マリアンもついてきて、ほとんど眠っていてぐにゃぐにゃしているアルに洋服を着替えさせ、ベッドに寝かせたら、すぐ熟睡してしまった。ふふに関しては、アルが着替えているうちに寝ていた。

また数十分後には、ジェレミーとグッピーがウトウトし始めた。さすがにジェレミーがアルのようになることはなかったが、部屋まで送り届け、寝たのを確認してから部屋を出た。

そうして私が次にやって来たのは、地下のある一室。地下室の中で1番重要な部屋へやって来た。一緒に来たのはマリアンと、オズボーンにユージーン、そしてサイラスとアランだ。

「それで、今日のプレゼントはこれか」

「はい。石は精霊と妖精達から。そちらの浮かぶ花はフラからです」

「……」

「……」

数秒部屋の中が静まり返った。

「はぁぁぁ、また貴重な物を」

私は思わず、大きなため息をついた。

「また新しい宝物が増えたわね」

「マリアン、簡単に言ってるが、ただの宝物ではないんだぞ。ちょっと珍しい物なら問題はないが、ここにある物を見てみろ。まずい物ばかりが置いてある部屋に、まずい物が増えたんだ」

「分かっているわよ。でもそんなことを言っても、しょうがないじゃない。私だって最初は困ったわよ。こんなに彼らから物を貰うことがあるのかって。でももう、さすがに慣れたわよ」

「慣れたってお前」

「あなたはいつまで経っても騒ぐのね。それよりもしっかり子供達に話して聞かせることの方が大事でしょう」

「しかしもう少しだな……」

「それにしても、今回も凄い物を貰ってきたわね」

「私も何年振りに見たでしょうか」

「私は初めてです。こんなにしっかりした物だったのですね」

「試さないが、ちょっとやそっとじゃ、壊れないらしい。ついでに言えば、フラの魔力がかなり入っているみたいで、永久的に浮かんでいるとか」

「こちらの石も、純度がかなり高いですね。国同士で取引される可能性があるほどに」

「そういえばアル様が、この石を使って何かやりたいって言っていたな」

「……全員おかしいとは思わないのか？」

「いつもの光景ですので」

「そうですね。いつも通りですから」

「俺達も日常ですから」

「アル様は何をなさりたいのでしょうか。もし準備があるのなら私がお手伝いを」

「……俺がおかしいのか？」

私一人を置いたまま皆が、今回ジェレミー達が貰ってきた物を見て話を進める。

今、私達がいる部屋は、子供達のための特別な部屋だ。……いや最重要部屋だ。なぜ地下に、わざわざ子供達のための最重要部屋があるのか。それは子供達がある特別な存在と関わり、特別な物を持って帰ってくるからである。

普通、精霊や妖精は滅多に人前に現れることがないため、私達のような普通の人間には、発見すること自体が限りなく難しく、一生を通して一度も会わないことも珍しくはない。

しかしなぜかうちの子供達は、精霊や妖精と交流ができ、今では注意しなければほぼ毎日遊んでいる状態だ。

もしも遊んでいるところを、よくないことを考える連中に見られでもしたら、子供達や精霊達や妖精達も危ないということで、何とか周りに見つからないように、細心の注意を払って遊ばせている。

とにかく、かなり珍しい精霊に妖精だ。自分達の金儲けのために、捕まえようとしている連中に見つかれば、大変なことになるのは間違いない。

が、問題はそれだけではなかった。それがこの最重要部屋なのだが。精霊と妖精達、時々魔獣達が、なぜか子供達に毎回プレゼントを渡してくるようになったのだ。この部屋にはそのプレゼントの数々が積まれている。

もちろん普通のプレゼントだったら、何も問題はない。が、最重要部屋を作らなければいけないほど、外には出せない物ばかりなのだ。

国で管理されるような物、外に出せばどれだけ値がつくか分からない物、奪い合いにより、昔戦争が起こりそうになった物、まぁ、問題だらけのプレゼントなのだ。

ただ、それでも最初は子供部屋に置いていた。遊ぶ時は完全に外から見えないよう、カーテンを閉め切った。遊んだ後は、すぐに専用のケースにしまう。

精霊や妖精達が遊びに来た時も、同じようにカーテンで見えないようにして、遊ばせていた。

だが、遊びに来る精霊と妖精達はどんどん増えていき、子供部屋だけで遊べない程大人数になってしまい、それに伴い、プレゼントもどんどん増えていった。

これではもう、どうしようもないと、地下室の二つの部屋の壁をぶち抜き、一つの大きな部屋を作り、その部屋を最重要部屋とした。

プレゼントは全てこの部屋で管理。精霊や妖精達が遊びに来た時も、この部屋で遊ばせるようにした。

こうしてどんどん増えていったプレゼントの数々。この部屋だけで国家予算のどれだけに当たるのか。プレセントを貰うたびに、私は頭が痛くなる。

が、他の面々は私とは違うようだ。もう全てを受け入れているようで、貰ってくるプレゼントを、毎回興味深く見ている。何だろう、私がおかしいのか？　いや、私の反応が普通だと思うのだが。

それと、この最重要部屋のことだが、外部に一人だけ、この部屋の存在を知っている者がいる。

この人はとても信用できて、何かあった時、アルとジェレミーを助けてくれる人物だ。

その人がここに来て、増えたプレゼントを見たらその量に大爆笑しそうだ。

第3章　特別なプレゼントのお部屋で遊ぼう

『ねぇねぇ、この辺じゃない？』

『うん、この辺のはずだけど』

『ミルル？　仲間を感じたのはこの辺であってる？』

『うん、この辺のはず。えっとね、ほら、あの大きな木。あそこで気配を感じたんだ』

『たくさん？』

『うん、いっぱい。だからきっとこの辺に、みんなのお家があると思ったの』

『たくさんなら、やっぱりこの辺にお家があるはずだよね』

『でも、今は全然気配がしないよ？』

『まずはあの木の所に行ってみようよ。それで何も感じなかったら、周りを探してみる』

『うん、そうだね』

『でも、それでも見つからなかったら？』

『前のお家は、魔獣にバラバラにされちゃったから、戻れないもんね』

『ここは空気が綺麗だから、もしみんなのお家がなくても、ここに新しいお家を作るのはどう？』

『うん、それがいいかも。なんかこの辺、とっても空気が綺麗だもんね。他もいいけど、モヤモヤしてる場所があるし、やっぱりここよりは条件が悪いじゃない』

『もしお家を作るなら、あの大きな木の場所がいいかもね』

『待って待って。お家の場所も、ちゃんと周りを調べてから決めようよ。意地悪魔獣がいるかもしれないし』

『そうだね。意地悪魔獣がいるかもしれないもんね』

『じゃあ、あの大きな木まで行ってみよう』

『『『おーっ!!』』』

＊＊＊＊＊＊＊

『アル、今日は何する？』

「えと、きょうは、すぴどほーしゅ……。すぴーどほーしゅ、ん？」

「ふふ、まだちょっと言いにくいかしら。スピードホースね」

「うん!!　えと、かあさま、スピくんのごはん、あげてい？」

「ええ。これから餌やりの時間でしょうから、一緒に行きましょう」

「やったぁ!!」

『スピのご飯の後は？』

「きのうもらったプレゼントであそぶ‼」

『遊ぶ‼』

今日にぃにとグッピーは、お友達と遊んでいるの。僕とふふちゃんはお留守番。本当はにぃにと一緒に遊びに行きたかったけど、僕歩くの遅いから、にぃに達からどんどん離れちゃうので、にぃに達が僕を待っていると、遊べなくなっちゃうんだ。

にぃには僕とふふちゃんだけの時は、僕に合わせてゆっくり歩いてくれるの。だから大丈夫だけど。

父様と母様が、にぃにとお友達がお外で遊ぶ時は、にぃに達がいっぱい遊べるように、僕はふふちゃんと一緒に遊んでいましょうねって。だから、今日はお留守番。

母様と手を繋いで、これからスピードホースがいる厩舎に行くんだ。スピードホースはお馬さんに似ている薄水色の魔獣で、とっても速く走るんだよ。お家にいるスピードホースは、いつも僕達の乗る馬車を引っ張ってくれるの。

僕ね、まだちゃんとスピードホースって言えないんだ。いつもほーしゅってなっちゃう。

『ス』って言っているはずなのに何でだろう？

1番仲良しのスピードホースは、スピ君だよ。僕の家にいるスピードホースの中で1番大きくて、1番優しいお馬さん。僕とふふちゃんをいつも背中に乗せてくれるんだ。

これからご飯の時間だから、スピ君と、他のスピードホースに、ご飯をあげに行くの。それでスピ君と遊んだ後は、昨日貰ったプレゼントで遊ぶんだ。

「きょうのスピくんのごはんなにかなぁ？」

『何かな？』

「いつも通りだと思うわよ。藁にニニンに果物に」

「ニニン……。おいしくない。たべないほうがいい」

「フフッ、食べない方がいいって、アルがニニンを嫌いなだけでしょう。母様も父様もジェレミーも、みんな食べているわよ。ふふとグッピーもね」

「……」

「あら、何よその顔」

『ボクも』

ふふちゃんが僕と同じ顔をするよ。

「とうさまの、いやなときのおかおのまね」

「嫌だわ。本当にあの人の、面倒な仕事が回ってきた時の顔にそっくり。ダメよ、そんな顔をしちゃ。可愛いお顔が台無しだわ。もう、あの人にも注意しておかないと。ほらいつもの可愛いお顔に戻って。ふふもいつもの通りにして」

父様ね、何か嫌なことがあると、とっても嫌そうなお顔するんだ。うえぇぇって感じのお顔。

今僕は、父様のうぇぇぇって顔のマネをしたの。

他にも父様のお顔のマネできるよ。えっとね、父様がお仕事したくない時のお顔とか、母様に怒られてしょんぼりガックリしているお顔とかいろいろ！

「そういえば、この前も、変な顔をしていたわね。どうして子供って、ダメな部分ばかりマネしたがるのかしら。ジェレミーも最近ではあまりやらないけれど小さい頃はよくしていたものね」

厩舎はお家の右の方にあるんだ。とっても広いんだよ。

「あっ！　スピくん、おそとにいる‼」

『アル、行こう！』

厩舎が見えてきたら、厩舎の横にある、スピ君達がいつも遊んでいる場所に、もうみんな出て遊んでいたよ。

「ほら、走ると転ぶわよ！」

ズシャアァァァッ‼　母様の声が聞こえた瞬間転んだ僕。

「い、いちゃ……、うっ」

『アル‼』

「アル‼」

「アル様‼」

すぐに母様が僕を立たせてくれたよ。

「う、いちゃ、うぅぅ」

い、痛い。膝も肘も痛い。

「もう、だからいつも言っているでしょう。急に走ったら危ないって」

「うえっ、ごめんしゃい……」

「気をつけないとダメよ。今、治してあげるから動かないで。ヒール！」

母様が魔法で僕の治療をしてくれたよ。ヒールっていう名で、すぐに怪我を治せちゃう魔法なんだ。

「治ったわ。もう、いきなり走っちゃダメよ。ほら、お顔を拭いて」

「ごめんなさい……」

『ふふちゃんもいきなり飛んだ。ごめんなさい』

「これからはゆっくり歩くこと」

「うん！」

『うん‼』

今度は転ばないように、ゆっくり歩くよ。ゆっくりだよ。

「ゆっくりゆっくり」

『ゆっくり、いそがない』

このままこのまま。

「はぁ、それはゆっくりじゃないわ、早歩きっていうのよ。口でゆっくりって言ってもしょうがないのよ」

「ジェレミー様そっくりですね」

「ふふ、そうね。兄弟そっくりね。そっくりと言うか、同じことしてるわ。子供はいくら言っても、走り回る生き物だから仕方がないのだけれど。回復魔法がなければ、みんな身体中傷だらけよ」

そっと歩いて、やっとスピ君達が遊んでいる場所に到着。あっ！　向こうからスピ君が、僕達に気づいて走ってきてくれた‼

『アル、フフ、おはよう！』

「おはよございます‼」

『おはようございます‼』

「奥様、坊っちゃま、おはようございます」

「おはよう、ハーモン」

「おはよございます！」

『おはようございます！』

ハーモンは、スピ君達をお世話してくれる人達の中で1番偉い人なんだ。スピ君達だけじゃないよ。お家にいる魔獣さん達のことも何でも知っていて、僕とふふちゃんにいろんなこと教えてくれるの。魔獣さん達もハーモンのことがとっても大好きなんだよ。

「ハーモン、餌やりはこれからかしら。アル達が餌をあげたいと言っているのだけれど」

「ちょうど餌の準備ができたところです。アル様、ふふ、向こうの入り口から……。そうだ、奥様、坊ちゃんを抱き上げても？」

「ええ。確かに向こうに移動するより、その方が早いでしょう。また変な歩き方をして転んでもね」

「先程は盛大に転ばれておられましたね」

「そうなのよ。さぁ、アル、抱き上げるわよ」

本当はスピ君達のいる場所に行く入り口があるんだけど、そこまで行かないで、母様が僕を抱っこしてハーモンに僕を渡して、中へ入れてくれたよ。

「では、餌が置いてある場所へ行きましょう。皆もご飯だぞ‼」

『ご飯だ‼』

『アル！　ふふ、おはよう‼』

『さっき転んでたけど大丈夫か？』

『気をつけないとダメだぞ』

ハーモンに呼ばれて、スピードホース達が集まってきたよ。僕とふふちゃんは朝のご挨拶。

それでみんなでぞろぞろ、餌が置いてある場所に移動したんだ。

わぁ、木の箱の中に、いっぱいニニンが入ってる。ニニンはニンジンに似ているお野菜。あんまり？　ううん、ぜんぜん美味しくない。でもスピードホース達も、スピ君も、み～んな大好き。みんなが美味しそうにご飯を食べ始めたよ。

「すぴくん、なにがたべたいですか？」

『うんと、最初はニニンかな』

「……」

『アル？』

「ニニン、おいしくない。くだもののほうがいい。でもスピくんはすきだからあげる」

僕はニニンを掴んで、手を伸ばしたよ。本当は僕が手を伸ばしただけじゃ、スピ君のお口に届かないけど、スピ君が頭を下げてくれるから大丈夫。むにゃむにゃってお口を動かして、すぐにニニンを食べ終わっちゃった。

全部で20頭いるスピードホース達は、いっぱいご飯を食べるんだよ。毎日5回のご飯の時間があって、僕がすっぽり入っちゃう大きな箱に、いっぱい入っているご飯を、全部で6箱も食べちゃうの。

前にスピ君達のご飯を置いてある小屋を見せてもらったら、天井の方まで、ご飯が山盛りに置いてあったよ。

『次は果物がいいかな』

「はい‼」

『そっちのスピードホースは何？』

『果物！』

『ほい！　そっちは？』

『ニニン‼』

『ほいっとな！　次！』

『ジャガガ！』

『ほほいっ‼』

ふふちゃんがスピードホース達の食べたい物を聞いて、足でひょいひょいって投げて、スピードホース達はとっても上手にキャッチ‼

『アルもやる』

「やってもいい？」

『いいよ。バッチリキャッチするからね！　丸い果物がいいかな』

僕は箱の中から、丸い果物を取ったよ。これは梨に似ている果物、シナっていうんだよ。

「いきます‼」

『うん‼』

り。

僕もふふちゃんも拍手。他のスピードホース達はヒヒ～ンッ!!　って鳴いて、大盛り上がり。

スピ君凄い!!　あんな凄いジャンプができるんだね。スピ君は走るだけじゃなくて、ジャンプもカッコいいスピードホースなんだよ。

その後もみんなが、お腹がいっぱいになるまでご飯をあげたんだ。そして来た時にみんながいた場所に移動。スピ君や他のスピードホースに乗せてもらって遊んだよ。

『あっ、見てアル、ふふ。今日は花の日みたい。この前は雨の日だったけど』

「おはな!!」

『雨の日も楽しい』

僕のお家の外壁に、大きな大きな不思議な木が生えているんだ。厩舎から外壁は遠いから、壁はとっても低く見えるし、外に生えている普通の木もてっぺんしか見えないんだけど、この巨大な木は半分以上見える、と～っても大きな木なんだよ。

それでね、凄く不思議な木なの。３週間ごとくらいに、変わったことが起きるんだ。今日は花が咲いているけど、その前は枝から水が垂れていて、その場所だけ雨が降っているみたいになっていたり、その前はいろいろな実がなっていたりして、本当に不思議なことが起こるの。とっても珍しい木で、僕達が住んでいる国には、20本しかないんだって。

だから昔々、悪い人達がこの木を、自分の物にしようとしたんだけど、みんな木にお仕置きされちゃったらしい。それからは、みんなそのお仕置きが怖くて、木に悪いことをしなくなったんだって。

お仕置きは何？　って父様と母様に聞いたら、とっても怒られるんだって。父様が母様に怒られている時よりも、もっともっと怖いみたい。だから僕にもにぃににもふふちゃんやグッピーにも、木を大切にしましょうねって。

父様を怒るとっても怖い母様よりも怖い木。どんな風に怒るのかな？　動くのかな？　木が動く？　どうやって怒るか教えてもらえなかったけど、怖い母様よりも怖いなら、僕知らなくていいや。

僕達は時々、木にお水をあげに行くよ。木で遊ぶのは怒られないんだ。時々木にツルができて、それで遊ばせてもらうの。あとは木になった実も貰うよ。

だからありがとうって、お水をあげるんだ。明後日はお水をあげに行く日だよ。

「きれいなおはな‼　いろんないろ‼」

『お水の日まで咲いてる？』

『大丈夫だと思うよ、咲いたばかりだから。いっぱいお水をあげてね』

「うん‼」

「アル！　ふふ！　そろそろ戻るわよ‼」

もう帰る時間になっちゃった。スピ君に母様の所まで運んでもらって、来た時とは逆にハーモンに抱っこしてもらって、柵の外にいる母様の所に降ろしてもらったよ。

と、その時、大きな木のてっぺんが、キラッ！　と光った気がしたよ。

「およ？」

『アル、どうしたの？』

「ふふちゃん、おおきなきのてっぺん。キラッとひかった？」

『てっぺん？　……今は光ってない』

う〜ん。今は光ってないけど、さっきは光った？　気のせいかな？

「さぁ、アル、ふふ。お礼を言って帰りましょう」

ちょっと気になったけど、僕はスピ君と他のスピードホース、遊んでくれてありがとうをして、お家に帰ったんだ。

お昼のご飯を食べた後は、地下のお部屋に行って、昨日貰ったプレゼントで遊ぶんだ。まずはフワフワ浮かぶお花から。最初はアランにお花を持っててもらって練習だよ。一人で動かせるようになりたいもんね。

部屋の端っこから端っこまで、進む練習を何回かやったよ。曲がる練習はまた今度。

「まだ、そんなにスピードを出してはいけません。まずは歩く速さで練習しましょう」

「あるく？」

「はい、アル様が歩く速さがいいかと。このくらいですね」

アランが花びらを押してくれて、ゆっくりお花が進むよ。

「……ゆっくり」

「これが今は1番いい速さです」

もっと速く進みたかったのに。ふふちゃんは1匹でもう、スイスイ動いているのに。

「ふふは元々飛べる魔獣です。こういうことには慣れていますから」

「アル。きちんと練習をしなくてはダメよ。きちんと乗れるようになったら、自由に好きなように飛んでいいから。まずはアランと練習しましょう」

「うん……」

ちょっとしょんぼり。でも僕頑張って練習するよ‼　だってふふちゃんと、にぃにとグッピーと、一緒にスイスイ乗りたいもん‼

それからいっぱい練習した僕。少しだけ、ゆっくりだけど一人で進めるようになったよ。

今日の練習はここまで。これから光る石で遊ぶの。昨日貰った光る石。僕ね、やりたいことがあるんだ。でもそれをやる前に、母様にお願いしなくちゃ。

「かあさま」

「なぁに？」

「あのね、くつがほしいの」

「突然どうしたの？　新しい靴が欲しいの？」

「ううん。あたらしいのじゃなくて、おうちではいてるおくつがほしいの。あっ、ちがう。おうちではく、おくつをつかいたいの」

「使うってどういうこと？　今履いている靴ではダメなの？」

「おくつぬいでいい？　ぼくね、おくつにいしをつけたいの」

「石を付ける？　よく分からないけど、今履いている靴を使うのはまずい気がするわね。石を付ける……。そうね、レイラ。確か余っているルームシューズがあったわよね。持ってきてくれる？」

「はい」

レイラがルームシューズを取りに行ってくれたんだ。ルームシューズは、お部屋の中で履くお靴だよ。

「こちらでよろしいでしょうか？」

「アル、これでいいかしら？」

「うん‼」

僕が今、自分のお部屋で履いているルームシューズの、色違いを持ってきてくれたレイラ。僕はレイラからルームシューズを受け取って、すぐにふふちゃんの所に行ったら、ふふちゃんは、石を転がして光らせて遊んでいたよ。

でも僕がルームシューズを持ってきたから、すぐに僕の所にきて、何を作るのか聞いてきたよ。

「ピカピカおくつをつくるの！」

『ピカピカ?』

「うん、ピカピカ！」

まずはルームシューズの先っぽに石を付けようかな？　あっ、どうやってルームシューズに石を付けよう⁉　ええと紐？　でも紐じゃ石が滑っちゃって、留められないよね？　それに紐が見えちゃったら格好悪い。

僕が工作の時に使うノリ？　でもノリを使ったら、もう外せなくなっちゃうよ。そうしたら別のことで遊べなくなっちゃう。う〜ん、どうしよう。

僕がウンウン考えていたら、何を作るか知らないふふちゃんもウンウン。二人でウンウンしていたら、アランが聞いてきたよ。

「アル様、何をなさりたいのですか？」

「あのね、おくつにいしをくっつけたいの。それであるくとピカピカひかる、カッコいいおくつ。ゆらすといしがひかるから。でもヒモだといしがすべっちゃうし、ひもがみえてもかっこわるいし。ノリはついたままはなれなくなっちゃうし。そうしたらべつのことであそべない」

「……なるほど。そういうことでしたか。いい物があります。すぐ持ってきますね」

いい物？　僕は頭をこてん。ふふちゃんも一緒にこてん。すぐにアランは戻ってきたよ、手に小さな小さな壺を持って。

「アラン、それなぁに？」

『小さい壺。飴が入ってる？』

「ふふ、さすがに飴は入っていません。この中には特別なノリが入っているのです」

「とくべつ？」

「はい。このノリは少しの間だけ物を付けることができるノリなのです」

僕が使っているノリは、付けたものはもう離れないんだ。時々取れることもあるけど、ほとんど取れないよ。

でも今、アランが持ってきてくれたノリは、少し経つと、絶対に取れるノリなんだって。最初はしっかりと物がくっつくんだけど、次の日になると絶対にくっつけた物が取れているんだって。

「私もいろいろと作るのですが、形を作る時に、少しの間だけ物を付けていたい時に、このノリを使います。ですからこのノリを使えば、今は靴に石を付けることができますが、明日にはしっかりと取れているので、その後もちゃんと遊ぶことができます」

「ふわわ‼　とくべつなのり‼」

「私は何個もこのノリを持っていますので、こちらはアル様に差し上げます。そうですね、プレゼントです」

「プレゼント‼」

「アラン、悪いわね。私がすぐに用意すれば良かったのに」

「いいえ、アル様に使っていただけるのでしたら」

「アル、プレゼントをいただいたら、何と言うのかしら？」

「ありがとございます‼」

アランに特別なノリを貰ったよ‼　普通のノリじゃない特別なノリ‼　これでルームシューズに石が付けられるよ。

　僕はすぐに、左のルームシューズの先っぽに、青色に光る石を付けたんだ。おっととと、ノリを付け過ぎて、ベタベタにならないように、そっとそっと。……うん‼　できた‼

　次は右のルームシューズの先っぽに、黄色に光る石を付けたよ。うん、こっちもバッチリ‼

　またまた次は左の踵（かかと）に、今度は黄色に光る石を付けて。最後に右の踵に、青く光る石を付けて。これで光るお靴完成だよ‼

「できた‼」

『アル、完成？』

「うん‼」

『バッチリ？』

「つけるのはバッチリ‼　あるいてみる‼」

付けるのはバッチリだけど、歩いて光らないと失敗。僕はそっとルームシューズを床に置いて、今履いている靴を脱いで、ルームシューズが揺れないように、そっと履いたんだ。

ドキドキ、ドキドキ。ふんっ‼　僕は1歩歩いてみたよ。そうしたら、動かした足の方の石がしっかり光ったんだ。できた？　ちゃんとできた？　もう1歩歩いてみたよ。そうしたらまたまた反対の足の石が光ってたんだ。

今度は何歩か続けて歩いてみたよ。右左右左、順番に石が光ったよ。

「……」

『順番に光った、面白い。アル、バッチリ？』

「うん‼　できた‼　ひかるおくつ、かんせい‼」

『完成‼』

僕はあっちにそっちに、パタパタ歩いたんだ。そうするとピカピカ石が光って、とってもかっこいいルームシューズができたよ‼

『光る靴面白い。ふふちゃんには靴ない。でも……。アラン』

「何ですか？」

『ノリ、ふふちゃんに付けても大丈夫？』

「ノリを？　ああ、大丈夫ですよ。時々魔獣にも使ったりしますから。自然の物を利用して作られていますので、何も問題はありません。ですが一度使うと、明日までは取れませんから、そこだけは注意してくださいね」

『ふふちゃん使える。でも明日までは取れない……。飛ぶ時は……』

何かブツブツ、一人言を言うふふちゃん。それから翼を動かしたり、鏡の前に行って頭を翼で触ってみたりして、動いてから僕の所に来たんだよ。

『アル、面白いこと思いついた』

「おもしろいこと？」

『うん。アルの靴見て思いついた。一緒にやろう』

コンコン。ドアをノックする音が聞こえて、みんながドアの方を見たんだ。

「はい！」

「私だ。帰りの時間がジェレミーと重なったから、一緒に帰ってきた」

「とうさま‼」

『ジェレミーとグッピー、帰ってきた。アル、準備！』

「うん」

レイラがドアの前に歩いて行ったよ。それでドアを開けようとしたんだけど。

「まって！　じゅんび！」

『すぐに準備！』

「はぁ。あなた少し待って！　今アル達が準備してるから！」

「準備？　分かった」

危ない危ない。父様とにぃにとグッピーに、かっこいい僕とふふちゃん見てもらわなくちゃ！　えっと上のお洋服を着て、帽子をかぶって、最後にルームシューズを履いて、鏡を見て確認。うん！　大丈夫。ふふちゃんは？

「ふふちゃんいい？」

ふふちゃんも僕の隣で、鏡を見て確認。それからうんうん頷いて、僕を見てきたよ。

『うん！』

「バッチリです‼」

『バッチリ‼』

僕とふふちゃんはドアの前に行って並んだんだ。

「もう。あなた、お待たせ。レイラドアを」

「はい」

レイラがドアを開けたよ。すぐにお部屋の中に入ってきたけど、父様とにぃにとグッピーはすぐに止まったんだ。

「な、何だ⁉」

「わぁ、凄い‼」

『キラキラなんだな　カッコいいなんだな‼』

「うん、カッコいい‼」

「か、カッコいい？」

父様はとってもビックリしたお顔で、僕達を見ていたよ。ふふふっ、僕達がかっこいいから、凄く驚いているんだ。

それからにぃにとグッピーは、とってもニコニコ。すぐに僕とふふちゃんの所に来て、僕達のことを、横から見たり後ろから見たりしてたよ。

「にぃに、グッピー、まだある。みてて」

『うん、まだある』

僕は歩いて、カッコいい光るルームシューズを、にぃに達に見せたよ。ふふちゃんは、紐に青く光る石をノリで付けて、ペンダントみたいにしたよ。僕と一緒に動くと、ルームシューズみたいに、ペンダントも光るんだ。

「わぁ！　それも凄いねぇ‼」

『キラキラキラキラなんだな‼』

「僕もそれできる？」

『オレもやりたいなんだな‼』

「アランがとくべつなのりくれたの‼」

『それでキラキラ！』

「にぃにもグッピーもキラキラに変身！」

「特別なノリ？」

　僕とふふちゃんの今の姿、とっても格好いいんだよ。全身キラキラなの。このお部屋には、精霊さんと妖精さん達、魔獣さんに貰った、キラキラしている物がいっぱい。

　ずっとピカピカ点滅してる石や、ゆっくりゆっくりいろいろな色に変わるとっても薄い石、温度で色が変わる切れない花びら、光が当たるとキラッと光る木の皮、他にもいろいろキラキラする物で溢れている。

　そのキラキラする物を、僕は洋服や帽子にいっぱい付けたよ。ふふちゃんは翼や頭、背中にたくさん飾ったの。ふふちゃんの翼のキラキラは、付ける時に、ちゃんと飛べるかどうか確認しながら付けたから大丈夫。キラキラのまま飛べるんだよ。

「にぃにもグッピーもすぐにキラキラ！」

『すぐにカッコよくなれる！』

「わぁ‼　やりたい‼　けど……。母様！　僕もやっていい？」

「はぁ、夕飯までよ」

「やった‼」

『すぐにやるんだな‼』

にぃにとグッピーが光る物が置いてある部屋に行くよ。僕とふふちゃんも、にぃに達のお手伝いするの。

「お、おい、あれは何だ？　まるで街の路上で、演技している人達じゃないか」

「あの子達の、今最大にカッコいいと思う姿みたいよ」

「あれがか‼」

「その証拠に、ジェレミーとグッピーは、凄いとかカッコいいと言っているでしょう？」

「た、確かに。しかしだな」

「子供の考えるカッコいいが、私には分からないわ」

「私にだって分かるものか。あれがカッコいい……。と、待て待て、あれはちゃんと取れるのか？」

「大丈夫よ。次の日には取れるノリを使っているから。アランがくれたのよ」

「そうなのか。はぁ、安心したぞ。アラン、すまなかったな」

「いえ。アル様に喜んでいただけて良かったです」

にぃにの背中にキラキラを付けてあげたの。グッピーの背中はふふちゃんが付けてあげたよ。

にぃに達も、僕達みたいにキラキラになって、どんどんカッコよくなっていったんだ。

「アル、こっちはどうかな？」

「う～ん、赤いキラキラ付ける！」

「分かった、赤だね」

『ふふ、しっぽはこれでいいなんだな？』

『もっとキラキラにした方がいい！』

『分かったなんだな‼』

「……今日の夕飯は、このキラキラする子供達を見ながら、食事をするのか？」

「そうよ。落ち着かないでしょうけどね。それに、毎日はやらせないけど、きっとこれから先、何回もこういうことはあるわよ。あれだけ気に入っているんだもの」

「はあぁぁぁ。国宝級の素材まで使って。本来こんなことに使っていい物ではないんだぞ。……はっ‼　そうだ、食事はここでさせないと、食堂になんて連れていけないぞ！」

「それも大丈夫よ、もう伝えてあるから。もうすぐ準備を始めるはずよ。テーブルやイスは、地下の部屋にしまってある物を使うわ」

「やっとゆっくりできると思って帰ってきたが、まだゆっくりできないらしい」

にぃにとグッピーが鏡の前に立っているよ。

「もう少しかな？」

『もう少しなんだな！』

「そうだね。もう少しキラキラさせよう。アル、ふふ、付け終わったら４人で部屋の中を行進しようか」

「こうしん！　うん‼」

『キラキラ行進‼』

『カッコいい行進なんだな‼』

にぃに達とキラキラ行進、僕とっても楽しみ‼　そうだ‼　にぃに達が付けている間に、僕ももう少しキラキラ付けよう‼　ふふふっ、キラキラ楽しいなぁ。

第4章　精霊さんと妖精さんのドタバタお引っ越し

『ねぇ、気配する？』
『するような、しないような？』
『うん、そんな感じだよね。するようなしないような』
『もう少し探してみる？』
『うん、その方がいいかも。する気がするもんね』
『もしも本当にみんながいるなら、そこに引っ越した方がいいし』
『でもさ、もしいなかったらどうする？』
『そうしたら、来る時に話してた通り、この大きな木の所に、家を作ればいいよ』
『今のところ意地悪魔獣もいないしね』
『そういえば、この辺には、怖い魔獣の気配がしないね』
『あれ？　本当だ、しないね。誰か怖い魔獣を見た？　感じた？』
『『うん！』』
『不思議だねぇ。どこにでも必ず、怖い魔獣はいるのにね』
『ねぇねぇ、みんな‼　こっちに来て‼　木の上だよ‼』

『どうしたの？』

『この面白い木さ、上の方までしっかり太い幹だから、もしここに家を作るなら、上の方の幹の中にも家を作らない？　あとは枝にも作って。下よりも安全だと思うんだよ』

『あ、それいいかもね』

『この辺をくり抜いて、ドアを作るのいいかも』

『じゃあ、もう少し調べて、誰も見つからなかったら、やっぱりここに家を作ろう！』

『おーっ‼』

『じゃあ、俺、向こうの人間の家の方を調べてくるよ』

『タック、気をつけてね』

『見つからないようにね』

『もし見つかったら、すぐに逃げなくちゃダメだよ』

『おう‼　じゃあ行ってくるな‼』

＊＊＊＊＊＊＊

「たいせつなのり、ちゃんとしまっとく！」

『キラキラにとっても大切』

夜のご飯を食べた後、僕達は、お部屋のお片付けをしたよ。遊んだ物はちゃんとお片付けをするお約束。ちゃんとお約束守らないと、プレゼントで貰った物で、遊べなくなっちゃうんだよ。そんなのダメだもんね。

でもお片付けには、他にも大切なことがあるんだ。いろいろな物を箱にしまったり、棚に置いたり、アランに貰った、特別なノリもしっかりしまわなきゃ。

あのね、貰ったノリ、もう壺の半分になっちゃったんだ。それでみんなでなくなっちゃったらどうしようってお話ししていたら、アランがちゃんとお片付けしたら、またノリをくれるって。

だからお片付けしないと、遊べなくなるだけじゃなくて、ノリも貰えなくなっちゃうの。だからとってもと～っても、大切なお片付けだよ。

「うん、これで全部‼　アル、ふふ、グッピー、他にしまい忘れてる物ある？」

「う～ん、ない‼」

『こっちもない』

『こっちも大丈夫なんだな』

「父様！　母様、お片付け終わりました‼」

「ふむ、しっかり片付いているな」

「そうね。みんな合格よ。それじゃあ次は、ジェレミーとアルは洋服を着替えるわよ。ふふとグッピーは、タオルで包んで移動だから、そのまままここで待っていて」

あのね、ご飯食べている時に、母様が気がついたんだ。このままじゃお部屋に戻れないって。プレゼントのお部屋に置いてある物は、あんまり別のお部屋に持っていっちゃいけないんだ。少しならいいけど。

でも今、僕もにぃにもふふちゃんもグッピーも、とってもキラキラピカピカ。だから僕とにぃには、プレゼントのお部屋で、寝る時に着るお洋服に着替えてから自分のお部屋に行くの。ふふちゃんとグッピーは、タオルに包んで、レイラとメイドさんが、お部屋まで連れていってくれることになったよ。

「せっかくキラキラのお洋服にしましたからね。アル様方がお作りになられたお洋服は持っていけませんが、その代わり今日は、キラキラの刺繍がしてある洋服を選んでみました」

「キラキラ‼」

ウサギさんに似ている魔獣ウッサーと、お花がいっぱい刺繍してあるお洋服。刺繍の糸がキラキラしているの。僕、このお洋服大好きなんだ。

「少しでもふふとグッピーを目立たせないようにしないと。ジェレミー、首元のボタンを外してはダメよ。はしたないわ」

「でも母様暑いよ。夜暑くて起きちゃう」

「寝ている時なら外してもいいけれど、移動の時はきちんと閉じていて。アルが真似するわ」

「は～い」

「さぁ、準備できたわね。じゃあ、部屋へ移動しましょう」

母様はにぃにのお部屋に、父様は僕のお部屋に一緒に来てくれたよ。階段を上がって、先に僕のお部屋に着いたから、母様とにぃにとグッピーに、おやすみなさいのご挨拶。

「おやすみなさい」

「おやすみなさい」

「アル、ふふ、おやすみ！」

『おやすみなんだな‼』

お部屋に入ったら、すぐにメイドさんが、カーテンがしっかり閉まっているか確認。それから父様が僕をベッドに寝かせてくれて、毛布をかけてくれたら、レイラがサッとふふちゃんを毛布の中へ入れてくれたよ。

「よし、上手くいったな。さぁ、ゆっくり眠るんだぞ。明日取れたキラキラした物は、全部集めて、いつものプレゼントの箱に入れておきなさい」

「うん‼」

『分かった！』

いつもは地下のプレゼントのお部屋で遊ぶけど、時々お部屋でも遊ぶから、プレゼントを入れる小さな箱があるので、その中に入れるんだよ。箱には鍵が付いていて、父様か母様、レイラかアランが開けてくれるんだ。

「明日は精霊の所へ遊びに行くんだろう？」

「うん‼」

『遊ぶお約束』

「私は明日、朝早くから仕事で見送りはできないが、周りの人達の言うことをよく聞いて、気をつけて遊んできなさい」

「うん‼」

「よし、それじゃあ、アル、ふふ、おやすみ」

「おやすみなさい‼　アラン、レイラ、おやすみなさい‼」

『おやすみなさい‼』

父様が魔法でお部屋の中を少し暗くして、お部屋から出ていったよ。

「ふふちゃん、あしたはたからものさがし。とってもたのしみ！」

『うん、楽しみ！　道具忘れないようにする』

「たからものいっぱいかも」

『いっぱいがいい。それでまたみんなで遊ぶ』

「キラキラのもの、ふえるかも」

『そうしたらまた、みんなでキラキラになる』

「うん‼　ふふちゃん、おやすみなさい」

『アル、おやすみなさい』

明日の宝物探し、いっぱい宝物が見つかるといいなぁ。

＊＊＊＊＊＊＊

『この人間のお家は、とっても大きいなぁ。前にいた場所の近くにあった人間の家は、なんかごちゃごちゃしてたけど』

俺は光の精霊のタック。光の精霊だから、どんなに暗い場所でも、俺の光の力で明るくして、どんどん進めちゃうんだ。だから夜に何か探す時は、俺が探すことが多いんだぞ。

でも暗い中で光るってことは、目立つってことだから、周りを警戒しながら。それから光の強さを上手に調節しながら進まないといけないのだ。

これがけっこう難しいんだが、光の精霊の俺だからな、まったく問題なしだ！　他の精霊や妖精でも光の魔法を使えるやつはいるけれど、俺みたいには上手く使えないんだぞ。

おっ、あそこにいるのはスピードホースだ。みんなぐっすり寝ている。他にも魔獣はいるみたいだな。みんな落ち着いているから、ここに住んでいる人間は、悪い奴じゃないのかも。悪い人間や獣人、他の種族がいる時は、魔獣はこんなにのんびりしてないからな。

ん？　あれ？　スピードホースから、精霊と妖精の気配？　気のせい？　でも気配するよな？　やっぱりここにみんないるのか？　とりあえず他も見てみて、後でみんなと確認してもいいかも。

よし、次はもうちょっと、人間の家に近づいてみるかな。もしかしたら果物とかあるかも。少しくらい貰えないかな？

前は優しい人間が、時々俺達の家の前に果物を置いてくれたけど、いつの間にか何処かに行っちゃったんだよなぁ。あの人間元気かなぁ。

あ、あそこから入れそうだ！　窓が開いていてラッキー。って、あれ？　ここからも精霊と妖精の気配？　さっきよりも強い……。人間の家の中にみんながいる？　人間と暮らしているなんて、聞いたことないけどな。

気配は……、こっちから強く感じる。上の方からもするけど、下の方が強い。とりあえず下から見てみよう。

地下だから暗いな、もう少しだけ光を強くして……人間がいませんように。そっとそっと。

あっちじゃなくて、こっちじゃなくて、ここだ‼　ここからとっても強い気配を感じる。こんなに気配が強いなんて、本当にここにみんなが？　どうにか入れないかな？　あっ、誰か来る⁉　あの花瓶の後ろに隠れよう‼

……あの人間、あの部屋に入るんだ。見つからないように、俺も入れないかな？　よし‼

まずはあの箱まで移動して。ドアが開いた瞬間にドアに隠れながら中に入ろう。……今だ!!

『……え？』

大変だ、大変だ!!　早くみんなに伝えなくちゃ。でも次に来た時は、ここのドア閉まっているだろうから、入り方も考えなくちゃ。早く早く!!

俺は猛スピードでみんなの所に戻った。

『みんな、大変だ!!』

『どうしたのタック？』

『そんなに慌てて。もしかして何か危ない物でもあったのか!?』

『すぐに逃げないといけない!?』

『違う違う！　あ、でもちょっとは危ないかも』

『何よそれ？　危ないなら早く逃げないと』

『まだ、よく分かんないんだよ。でも、みんながいる場所は見つけたかもしれないんだ！』

『本当!?』

『みんなどこにいるの!?』

『引っ越してきていいって!?』

『いや、まだみんなには会ってないんだ。それにもしかしたらって場所を見つけただけなんだ』

『よく分からないわね。もしかしたらって何よ』

『とりあえずみんなに来てほしいんだよ。よく分かんないけど、凄い場所なんだ‼』

みんなが心配そうに、俺についてくる。俺だって、あの部屋のことが信じられないんだよ。

でも、本当に凄い部屋なんだ。きっとみんなもあの部屋を見たら、凄いって驚くはずだ。

あとはあそこに住んでいる精霊と妖精達が戻ってきたら、あの部屋に引っ越ししていいか聞いてみるよ。まぁ、みんな入れてくれるのは分かっているけど。

俺達はみんな、他から精霊や妖精達が引っ越してきたら、誰も文句を言わずに受け入れる。だってみんな仲間だからな。だけど一応は聞かないと。

う～ん、ただ……。ちょっと変な感じもするんだよな。あそこに誰一人いないっていうのもおかしいし、人間が簡単に、みんなの家に入るのもな。大体、みんなが張るはずの結界が一切ないんだ。

人や魔獣が近くにいなくても、必ず結界を張るはずなのに。もしかしてあそこにいたみんなも、引っ越したとか？　でも引っ越す時は、本当に急じゃなければ、荷物を全部持っていくはずだしなぁ。俺達だって5人で分けて持ってきたし。

もしかして、この家の人間に追い出されたとか？　急に追い出されて荷物が持てなかった？ただ、追い出されただけならいいけど……。

1番ダメなのは、あの部屋は俺達みたいな精霊や妖精を、捕まえるための罠の部屋だった場合だ。俺達が仲間の家だと思って近づいたところを捕まえられたら？　みんなの気配が見つかって嬉しかったけど、やっぱり注意していかないと。

人間の家に着いて、さっき俺が入った窓から中に入る。

『こっちだ』

『地下に家があるの？』

『外が見えないんだね』

『外より地下が好きなのかな？』

『私は外でも地下でもどこでもいいわ』

『あたしも』

『それにしても、本当に気配が強くなったね』

『やっぱりタックが見つけたのは、みんなの家かもよ』

『ほら、この部屋の中だぜ』

ふぅ、とりあえずここまでは無事に着けた。次はどうやって中に入るかだけど。みんなで考えている時だった。足音が聞こえて俺達は急いで壺の中に隠れた。

「さて、確認をしたら私も寝るか。アル達には困ったものだ。悪いことをしているわけじゃないが、こっちの気が休まらない。だが、ふっ。あの楽しそうな顔を見たらな」

さっきとは違う人間だけど、ちょうどあの部屋の前で止まって、何か一人言を言っていた。

そしてその後はドアを開けようとして。

『みんな開けたら同時に中に入って、ドアの陰に隠れるんだ‼』

『『『分かった‼』』』

ガチャ！　今だ‼　みんなで急いで飛んでいって、人間が入った後に、俺達も中に入る。そしてドアの陰に隠れた後は、また人間に見つからないように、置いてあった箱の陰に隠れる。

「よし、大丈夫そうだな。さて、寝るか」

人間が灯りを消し、部屋から出ていった。俺達は足音と気配が完璧に消えるまで、箱に隠れたままでいた。そして部屋の中も、外も静まったのを確認したら、俺は部屋の中を明るく照らした。

『わあぁぁぁ‼』

『何この凄い部屋‼』

『こんなにたくさんの素敵な物があるなんて。ここにはいっぱい仲間が住んでるのかな？』

『可愛いがいっぱい』

『カッコいいもな』

『早く確認しましょう‼　それで何もなければ、みんなが帰ってくるまでに、荷物を出す準備をして待ってましょう！』

みんな、この地下の家が気に入ったみたいだ。俺もここは気に入っているぞ。でも、本当に大丈夫かな？　何もないといいけど。

＊＊＊＊＊＊＊

「おへやのおそうじおわり！」

『おもちゃの準備終わり‼』

『お菓子の準備終わりなんだな‼』

「準備って、みんなが準備したのはおもちゃだけでしょう？」

　今日は僕のお家に、精霊さんや妖精さん達が遊びに来てくれる日です。２日前、宝物探しにみんなのお家に遊びに行って、その帰りに、今日は僕のお家で遊ぼうってお約束したんだ。

　宝物探しで見つけた、面白い形の石と、ぴょんぴょん跳ねる石。それから、吹くとシャボン玉みたいにして遊べるお花。いろんな宝物を見つけたからね。

　みんなはトンネルを通った後、また別の道から僕達のお家に来るんだよ。みんなが隠れながらじゃなくてゆっくり僕のお家に来られるように、小さなトンネルを作って、１階の厨房のご飯の材料が置いてある場所につなげるんだ。

　だから僕達はみんなが来る時間になったら、みんなで厨房に迎えに行くの。

「そろそろ来る頃かしらね。さぁ、迎えに行きましょう」

「うん‼」

厨房に着いたら、ロジャーと他の料理人さん達がいて、お片付けをしていたよ。精霊さんと妖精さん達のお菓子をいっぱい作ってくれたんだ。お土産に持って帰る分も。きっと精霊さんも妖精さん達も、とっても喜んでくれるはず。

「ロジャー！」

「おや、そろそろ迎えの時間ですか？」

「うん‼　あのね、おかしいっぱいありがとございます‼」

『ありがとう‼』

『ありがとうなんだな‼』

「ありがとうございます‼」

「いえいえ。坊ちゃん達が喜んでくれるのなら、頑張って作りますよ。それに私はお菓子作りが大好きですからね。あれだけの量のお菓子を作れるんです。楽しかったですよ」

「フラさんもだいすき‼」

「フラさんの分は、今度大きなクッキーを用意しておきますね。ちゃんとフラさんサイズですよ。そうですね、アル坊っちゃまと同じくらいの大きさのクッキーです」

「ぼくとおなじ⁉」

『大きなクッキー⁉　ふふちゃん持てる⁉』

『とっても大きいから、ふふは持てないんだな。俺も持てないんだな』

「そんなに大きなクッキー、作れるの？」

「ええ、できますよ。私が作りますからね。良ければですが、今度フラさんのクッキーを作る前に、坊っちゃま型の大きなクッキーをお作りしましょうか？」

「ふおぉぉぉ‼　ぼくとおなじクッキー‼」

『大変、大変‼　大きなクッキー食べられる⁉』

『食べる前はお腹空かせておかないとダメなんだな‼』

「僕見たい‼　それに作るお手伝いしたい‼」

「おてつだい⁉　ぼくも‼」

「ジェレミー、アル、みんなも、あまりロジャーを困らせるようなことを言ってはダメよ。それにあなた達が手伝いなんて」

「そのことについてですが、坊っちゃま方でもできることがありますので、奥様がよろしければ是非」

「あら、そうなの？　でもこの子達、きっとはしゃぎ過ぎて大変よ」

「私はイベントで、外で子供達と料理していますので」

「ああ、そういえば教会の子供達と一緒に作っていたわね。なら、大丈夫かしら。お願いしてもいい？」

「はい！」

僕達今度、クッキーを作れるお手伝いができるって。ふふふっ、楽しみ‼　大きなクッキー、ちゃんとできるかなぁ。

ガチャッ‼

お話ししている時だったよ。ご飯の材料が置いてある所の下の方にある小さなドアが開いて、ピッキー達が出てきたんだ。

『アル‼　ふふ、ジェレミー、グッピー‼　遊びに来たよ‼』

『こんにちわ‼』

『お待たせ‼』

お水がブワッと出てくるみたいに、精霊さんと妖精さん達がどんどんドアから出てきたよ。それで僕達の周りに集まろうとしたんだけど、途中でピッキー達、最初に出てきた精霊さんと妖精さん達が、ピタッ‼　と止まったんだ。

だから後から出てきたみんなが、ピッキー達にぶつかっちゃって、そこで詰まっちゃったの。

『わあぁぁ⁉　何？　進まない⁉』

『ギュウギュウだ‼』

『何で進まないの⁉』

『先頭誰⁉』

『ピッキー達だよ‼』

『ピッキー‼　ちゃんと進んでよ‼』

『みんな、前はダメ、上に飛んで‼』

前に進んでいたみんなが、今度は上に向かって飛び始めたよ。それでやっと進めるように
なって、またどんどんみんなが出てきたよ。でも出てきた子達、さっき騒いでいた子達も、
ちょっとすると、とっても静かになって止まっちゃったんだ。

少しして、最後の子がドアから出てきて、ロジャーがドアを閉めたんだ。でもいつものみん
なじゃなかったよ。みんなし～んって、とっても静かなんだ。どうしたのかな？

僕はピッキーにご挨拶したよ。

「ピッキー、こんにちは‼」

『こんにちは‼』

『こんにちはなんだな！』

「こんにちは！」

『こんにちわ？』

こんにちは？　何でハテナのこんにちは？

『ピッキーおかしい』

『みんなも静かでおかしいんだな』

「ピッキー、どうしたの？」

僕が聞いたら、ピッキーはキョロキョロしてから、あっちに行ったり、そっちに行ったり。それから僕達の所に戻ってきたよ。

『ねぇ、アル』

「なんですかぁ？」

『ボク達が遊びに来る前に、もう誰か遊びに来たの？』

「ん？　あそびにきた？」

『うん』

今、ピッキー達が遊びに来たよね？　ピッキー達の前？　う～ん、お約束の時間は今だから、ピッキー達は今遊びに来てくれて。ん？　僕もふふちゃんもグッピーも、首をこてんってしちゃったよ。

「ジェレミー、どうしたの？」

「母様あのね、ピッキーがピッキー達より先に、もう誰か遊びに来たの？　って」

「先に？　どういうことかしら。ジェレミー、ピッキーとお話がしたいから、ピッキーに粉をかけてとお願いして」

「うん！　ピッキー。母様がお話ししたいから、言葉が分かるようになる粉をかけてって」

『……分かったぁ』

すぐにピッキーが母様やアラン、レイラ、みんなに粉をかけてくれたよ。

「これでいいわね。さぁ、ピッキー、話を聞かせてくれるかしら。誰か先にここへ遊びに来た子がいるの？」

『うん、たぶん？　精霊と妖精の気配がするの。まだちゃんと調べてないから誰か分からないけど、精霊と妖精がここにいるよ？』

「……そうなの。ロジャー、あなたここにずっといたわよね」

「はい。誰も来ていないはずです。ですが、精霊も妖精も坊っちゃま方の前では姿を現しますが、私の場合は……。もしかしたら隠れて来たかもしれません」

「そうよねぇ。……ピッキー、その精霊や妖精達は何処にいるの？」

『いつも遊ぶ地下の部屋。……でも』

「でも？」

『ねぇ、みんな。地下にいる精霊や妖精達って、僕達が知ってる子達じゃないよね？』

『『『うん!!』』』

お家に遊びに来てくれた精霊さんと妖精さん達、みんなが大きな声でお返事したよ。知らない精霊さんと妖精さん？

「それは本当？」

『うん、詳しく気配を調べたから間違いないよ。僕達の知らない子達。えっと全員で5人いるよ』

「そう……。アラン、サイラスを呼んできて。これから地下へ行って様子を見てくるわ。精霊と妖精だから問題はないでしょうけど、でも一応ね。何かあったら大変だから」

「はっ‼」

すぐにアランがサイラスを呼びに行ったよ。その間僕達は新しい精霊さんと妖精さんが、どんな子達か話し合い。可愛い子？　カッコいい子？　どんな魔法が使えるのかな？　どうして僕のお家にいるのかな？　いろんなことをお話ししたよ。

でもすぐにサイラスが来たから、お話は途中で終わり。それで母様達と一緒に、僕達も地下のお部屋に行こうとしたんだけど、母様が待っていなさいって言ったんだ。

「ぼくも、いく‼」

『ふふちゃんも‼』

『オレも行くんだな‼』

「ダメよ、誰がいるか分からないのだから」

「せいれいさんと、ようせいさん‼」

『怖くない』

『みんなと同じなんだな』

「確かにそうだけれど、他にも誰かいるかもしれないでしょう」

『アルママ、他には誰もいないよ』

『僕達、他にも誰かいないか、しっかり気配を探ったもん』

『だから大丈夫』

『それにアルママ達が行ったら逃げちゃうかも。最初はボク達とアル達が入った方が、逃げないかも？』

『アル達には、僕達の気配がたくさん付いているから、みんな怖がらないはず』

「確かにそうかもしれないな。マリアン、アル達がいた方が、俺達大人だけよりも、精霊達は驚かないだろう。それに話を聞くにも、アル達がいた方がいいかもしれん」

　あのね、サイラスは時々母様のことを、みんなみたいに奥様って言わないで、お名前で呼ぶの。母様とサイラスは昔からのお友達だから、お家で働いている人以外いない時はね。どうしてお名前？　って聞いたら、お友達だからいいんだって。

「はぁ、分かったわ。でも母様がすぐに部屋から離れなさいと言ったら、すぐに離れるのよ」

「はい‼」

『はい‼』

『分かったなんだな‼』

　僕とふふちゃん、にぃにとグッピーが先頭、母様とアランとサイラスとレイラが後ろ。そのまた後ろをピッキー達、精霊さんと妖精さん達が並んで歩いていったよ。

「くく、他からこの光景を見たら、驚いて腰を抜かすんじゃないか？　これだけの精霊と妖精が、ぞろぞろ並んで付いてくるんだぞ」

「もう、サイラス、笑いごとじゃないのよ。本当に他の人に見られたら、大変なことになるんだから。ジェレミーやアルだって、どうなるか分からないのに」

「それでも集まってくるんだから、それに合わせるしかないだろう。今回もまた増えそうな予感がしてるしな」

「はぁ」

階段を下りて、プレゼントのお部屋の前まで行ったよ。みんなでぺたっとドアにへばりついてみたけど、う〜ん、何の音もしない。お話し声も。本当に中に精霊さんと妖精さんがいるのかな？

それに何処から入ったのかな？　地下のプレゼントのお部屋は、地下だから窓がないでしょう？　それに精霊さんや妖精さん達は小さいから、この大きなドアは開けられないはず。

もしかしてお部屋にある、お外からの空気を入れる小さな穴から入ったのかな？

「よし、開けるぞ。そっと開けるからな。最初はピッキー達が入って、その後アル達で、最後にマリアンと俺達だ」

サイラスがそっとドアを開けたよ。少しだけギギギって音がしたけど、でもちょっとだけドアが開いたから、みんなでドアの隙間から中を覗いたんだ。ふおお‼　何これ凄い‼　でも……、う〜ん、誰もいない？

「ふふちゃんも、すごいねぇ。でも……、だれもいない？」

『うん、凄いけど誰もいない』

『これを置いた者が、新しい精霊さんと妖精さんなんだな？』

プレゼントのお部屋は、いつもよりも凄いお部屋に変わっていたよ。見たことないキラキラした物がいっぱい床に置いてあったんだ。

お部屋の端っこの所、植木鉢が置いてあったんだけど、そこにも知らないカッコいい、可愛いお花がいっぱい増えていたの。天井にはふわふわ、もふもふした物が増えていたよ。

『これ、たぶん知らない精霊と妖精が持ってきたんだよ。僕達の所にはない物だから。みんな行こう。アル達はついて来て。気配で何処にいるかは分かるから』

今度はピッキー達が先頭で部屋の中に入ったんだ。僕は床のキラキラを踏まないように、そっとそっとついていったよ。それで着いたのは、お家のおもちゃがある所だったんだ。

あのね、精霊さんや妖精さんにぴったりの小さなお家を、お庭を綺麗にしてくれるルーサーお爺さんが作ってくれたんだ。あ、僕の大きさの、小さなお家も作ってくれたんだよ。僕の小さなお家は僕のお部屋にあるんだ。

『あ、ほら見て。みんなベッドで寝てるよ』

『精霊が３人、妖精が二人だね』

『う〜ん、光の精霊に……』

「ちょっと待ってくれ。寝てるところ悪いんだが、先に起こしてもらっていいか？　何処から来たのか、何処から入ったのか聞かないと、警備上いけないいんだよ。他にも問題があるし……」

『分かったぁ。たぶんこの様子だと、何処からか引っ越してきたんだと思うけど。じゃあ、今、起こすね。みんな、起きて！』

『お～い、起きて！』

『おはよう！　起きて‼』

「おきてください‼」

『起きて‼』

『起きてなんだな‼』

「アル、ふふとグッピーももう少し下がって待っていま……」

　母様が僕達を呼んだ時でした。

『うう～ん、もう朝？』

『ふわわ。誰？　起こしたの。まだ眠たいのに』

『う～ん、なんか騒がしくない？』

　寝ていた精霊さんと妖精さん達が起きて、伸びをしたよ。それから僕達の方を向いたんだ。

「おはようございます‼」

『おはよう！』

『おはようなんだな‼』

『みんなおはよう。あのさ、お話ししたいんだけどいいかな？』

『どうしてここにいるの？』

『……』

『……』

「……」

お部屋の中がし～んとなったよ。早くお話ししよう！　それでお話が終わったらみんなと一緒に遊ぼうよ‼　って言おうと思ったんだけど。

『わあぁぁぁ‼　でたあぁぁぁ‼　みんな逃げてー‼』

『わあぁぁぁ‼』

『でたあぁぁぁ‼　何がでたあぁぁぁ⁉』

『とりあえず逃げるのよー‼』

『どこに逃げるの⁉』

って、知らない精霊さんと妖精さんが、大きな声で叫んだんだ。それでその突然の大きな声に、僕もふふちゃんもグッピーも、ピッキー達もビックリ。

『に、逃げる⁉　出た⁉』

『わあぁぁぁ！　僕達も逃げなくちゃ‼』

　ピッキー達が逃げるって、お部屋の中をぐるぐる猛スピードで飛び始めたんだ。大変大変、僕達も逃げなくちゃ？　なんで逃げるか分かんないけど、ピッキー達は逃げてって。それから新しい精霊さんと妖精さんも、逃げてって言っているもんね。

「たいへん！　ふふちゃんにげる‼」

『アル、逃げなくちゃ‼』

『オレも逃げるんだな‼』

　僕とふふちゃんとグッピーも、ピッキー達の後を追いかけて、お部屋の中を逃げ回ったよ。

「待て待て！　落ち着け‼　まったくなんて騒ぎだ。アラン！　アルを捕獲だ‼　俺はふふとグッピーを止める‼」

「アル様‼　止まってください‼」

「その後、アルにピッキー達を止めてもらおう。アルの声は精霊と妖精に、よく通るからな」

「アル、止まりなさい‼」

　お部屋の中をぐるぐる回って逃げる僕達。でも急に、ぐえってなって、僕の体が浮かんだんだ。後ろを見たら、アランが僕を抱っこしていたよ。

「およ？」

「アル様。何もありませんから逃げなくても大丈夫ですよ。ふふとグッピーも、サイラス隊長が保護しております。あちらです」

アランが向いた方を見たら、サイラスがふふちゃんとグッピーの首の所を持って、２匹がぶらぶらしていたよ。

「おお？」

そのままみんなで母様の所に集まったんだ。

「アル、いいか、よく聞いてくれ。別に今は誰も逃げなくていいんだ。新しい精霊達が起きてすぐに、俺達を見たからちょっとビックリして、逃げなくちゃいけないと勘違いしてしまったんだ。そしてピッキー達は、その精霊達の声にビックリして、やっぱり間違えて逃げてるだけなんだ」

「まちがい？」

「ああ。だからアルにはみんなに、止まるように言ってほしいんだ。大丈夫だから止まってってな。騒いでいると俺達の声はなかなか聞こえないけど、アルの声はみんな聞こえるからな」

「ぼくとめる？　だいじょぶ？」

「ああ、大丈夫だから止めてくれ」

「うん‼　ぼくとめる‼」

サイラスが逃げなくても大丈夫だって。僕達間違っちゃったみたい。早くみんなを止めてあげなくちゃ。僕は大きな声でみんなを呼んだんだ。

「みんな‼　にげるのだいじょぶ‼　とまってください‼」

『みんな止まって‼』

『止まってなんだな‼』

う～ん、みんな騒いでいて聞こえていない？　僕はもう一度、もっと大きな声でみんなを呼んだよ。

「みーんーなー、とーまっーてー‼　だいじょぶですぅー‼」

そうしたらぐるぐる部屋の中を飛んでいたピッキー達が、ピタッ‼　と止まってくれたよ。でも5人だけ飛んでいる子がいて、それが新しい精霊さんと妖精さん達だったよ。お部屋の真ん中を小さくぐるぐる飛んでいたんだ。

『あれ？　ボク達どうしたんだっけ？』

サイラスがピッキーに、事情を説明したよ。

『そっか、何もないのか。急に言われてビックリして飛んじゃったよ。アル、一緒にあの子達を止めにいこう』

「うん‼」

ピッキーと一緒にお部屋の真ん中に行ったら、他の子も集まってきたんで、新しい子達を囲んだんだ。

「こんにちは！　とまってください！　だいじょぶです‼」

『ねぇねぇ、君達止まって！　ここには怖い人間も魔獣もいないよ。だから落ち着いて‼』

『落ち着いて！』

『みんな止まって‼』

みんなで呼んでから、静かに待ったよ。そうしたらだんだんと、飛ぶ速さがゆっくりになってきて、最後はフラフラ、あの小さなお家に戻っていったんだ。僕とピッキー達も一緒に、小さなお家の方へ行ったよ。

新しい精霊さんと妖精さん達は、小さなお家の小さな家具の後ろに隠れていたよ。

『こんにちは、ボクはピッキー。えっとここには、みんなが怖がるような人と魔獣はいないよ。だから安心して。それでどうしてここにいるのか、ボク達に説明して』

『……安心？　大丈夫？』

『うん‼　それよりも楽しいがいっぱいだよ‼　だからささっと話して、早く一緒に遊ぼう‼』

『……話、分かった』


『そっか、やっぱり引っ越してきたんだね』

『うん、俺達、山6個向こうから来たんだ』

『遠い所から来たんだね』

『途中までブレーブバードに乗せてもらったから、楽ちんだったよ』

『そっかぁ』

『それでみんなの気配を感じてさ、少し向こうで下ろしてもらったんだ。それから不思議な木の所まで来てさ……』

精霊さんと妖精さん達は、遠い所から引っ越してきたんだって。えっと、光の精霊タック。種の精霊セアラ。風の精霊クーフィー。水の妖精ミルル。火の妖精リリーだよ。

ピッキー達の気配がしたから、ピッキー達のお家に引っ越そうと思って、いっぱい探したタック達。でもなかなか見つからなかったんだって。

そうしたらプレゼントのお部屋を発見。部屋の中には誰かがドアを開けた時に、一緒に入ったと。

それでプレゼントのお部屋には、精霊さんや妖精さんや魔獣さんの物がいっぱい置いてあったから、ここがピッキー達のお家だと思ったらしいんだ。

引っ越していいか聞こうと思ったんだけど、誰もいなかったから、みんなが帰ってくるのを待っているうちに寝ちゃったんだって。

お部屋に置いてあった、見たことがないキラキラやもふもふふわふわは、やっぱりタック達のだったんだ。

『そっかぁ。ここはアルの家だったのかぁ。てっきり俺達の仲間の家だと思ってたよ。でもおかしいと思ったんだ。結界も張ってないし、人の家に住んでるなんて』

「えと、プレゼントのおへやなの！」

『大切なプレゼント』

『ここでいつも遊ぶんだな‼』

『タック達どうする？　ボク達の所へ来る？　ここはアルの家だからさ』

『引っ越していいか？』

『もちろん‼』

『やった！　みんな良かったな！』

『うん‼』

『これでまたゆっくりできるね』

『この頃ずっとバタバタしてたもんね』

『あっ、でもタック、あのこと聞かなくちゃ！』

『あれ？　あっ、そうか。ちょっと待っててくれ！』

タック達新しい精霊さんと妖精さん、ピッキー達の住んでいる所にお引っ越しが決まったよ。でも、タック達だけでまたお話し合いを始めちゃったんだ。

僕達はちょっと離れて、タック達の荷物を集めたよ。ちゃんと新しいお家に持っていかないといけないもんね。まとめやすいようにしておいてあげようって、ピッキーがタックに聞いてね。

それで全部を集め終わった時、タック達のお話し合いが終わったんだ。

『アル、俺達お願いがあるんだ』

「お願い？」

『このアルのおもちゃの小さな家、俺達とっても気に入ってさ。俺達の新しい家にしたいんだ。ベッドもふかふかでいい感じだし。この小さな家とベッド、俺達に貰えないかな？』

僕とにぃにと、ふふちゃんとグッピーの小さなお家。僕達の大切なお家。これはちょっとあげられない。だって大切なお家だもん。

「う〜ん、ちょっとぉ」

『僕達大切』

『ずっとずっと、遊んでるんだな』

『そっかぁ、やっぱりダメかぁ』

あ、でも!!　ルーサーお爺ちゃんにお願いしたらダメかな？

「かあさま、ルーサーおじいちゃん、おねがいだめ？」

「どうかしら。でもきっとルーサー喜ぶわよね」

「そうだな。爺さん、こういうのを作るのが好きだからな。暇さえあればいろいろ作ってるし。お願いされたら、きっと喜んで１日で作ってくれるんじゃないか？」

「そうよね。ちょっと聞いてみようかしら。ねぇ、タック。この家を作った人に聞いてみるから、少し待っていてくれる？」

『本当か⁉』

「でも、まだ作ってもらえると決まったわけではないから、もし作ってもらえなくても、あまりがっかりしないでね」

『分かった‼　大丈夫だぞ！　俺達も家を作るのは得意なんだ！　でもこの家が、居心地が良かったから、住めたらなって話してたんだ！』

「そう、それを聞いたらさらに喜びそうね。それじゃあ、分かったら伝えるから、それまで待っていて」

『おう‼』

お話が終わったら、今日は遊ばないでお引っ越しをすることになったよ。魔法で荷物をしまって、みんなでこれから厨房に移動。ピッキーが後でゆっくり、タック達にいろいろな道を教えてくれるって。

来た時みたいに僕が先頭で、みんなでぞろぞろ厨房へ行ったんだ。

「と、タック。最後に一つだけ聞きたいことがあるんだが」

『何だ？』

「どうしてお前達は引っ越してきたんだ？　お前達が住んでいた場所もいい所だと思うんだが？」

『街にゴロつきが増えて、森に来て暴れるんだよ。それとそのゴロつき以外に、なんか変な人もいるみたいで、意地悪する魔獣が増えたんだ。でもそいつがどんな奴か、みんな分かんなくて』

「分からない？」

『うん。急に現れて、意地悪してサッと消えるって。黒い洋服を着ていて、顔も隠してるから、どんな奴か分かんないらしい。だから俺達、ゴロつきとそいつから逃げようって。だから引っ越してきたんだよ。他のみんなも続々と引っ越してるぞ。魔獣達も』

「そうなのか⁉　ゴロつきに変な奴か……。タック、情報ありがとうな！」

『おう‼』

「マリアン、調べた方がいいかもしれないぞ」

「そうね。」

「ゴロつきは何処にでもいるとして、よく分からない者が問題ですね」

「森から精霊や妖精、魔獣達が逃げ始めている。これは大問題だ」

「ええ。何もなければいいけれど」

母様達、何話しているのかな？

「かあさま！　はやく‼」

「はいはい、今行くわ‼」

『それじゃあ、また3日後に来るね！』

『次はゆっくり遊ぼうね！』

『アル、これからよろしくな‼』

「うん‼　よろしくおねがいします‼」

『『『バイバイ‼』』』

「ばいばい‼」

　厨房の小さいトンネルに、みんなが入っていったよ。今日、新しいお友達ができたの。ふふっ、お友達嬉しいなぁ、早く遊びたいなぁ。あっ、ルーサーお爺ちゃんにお願いしに行かなくちゃ！　タック達も新しいお家、作ってもらえたらいいなぁ。

第5章　いっぱい遊んで、いっぱい使ったら、みんなで一緒にありがとう！

「ターちゃん、おはよございます!!」

『おはようございます!!』

「よう、おはよう。何だ？　今日はジェレミーとグッピーはいないのか？　それにずいぶん大きな荷物を持っているな？」

「きょうは、にぃにはおべんきょのひ」

『グッピーもお勉強の日』

「そうなのか。で、その荷物は？」

「タックたちのおうち!!」

　タック達がお引っ越ししてきてから3日が経ったよ。今日は、にぃにとグッピーはお勉強の日だから遊べないんだ。にぃにはまだ学校に行っていないけど、時々お家に先生が来て、お勉強するんだ。グッピーもにぃにと一緒に、何かお勉強しているよ。

　だから今日は、僕とふふちゃんとアランが、タック達のお家を持ってピッキー達の所に遊びに行くんだ。

　タック達が帰ってすぐに、母様がルーサーお爺ちゃんの所に行ってくれて、タック達のお家を作ってもらえるか聞いてくれたんだよ。そうしたらルーサーお爺ちゃんはとっても喜んで、作ってくれるってお約束してくれたの。僕、いっぱいありがとうしたよ。

そして次の日、そのことを伝えるために、ピッキー達のお家へ行ったんだ。タック達、とっても喜んでくれたよ。でも、空中で何回もでんぐり返しをして、目が回って下に落ちてグッタリしちゃったんだ。具合が悪いのを治してくれる妖精さんに、とっても怒られていたよ。

それで本当は今日、僕のお家で遊ぶお約束をしていたけど、タック達にお家をお届けして、みんなのお家で遊ぶことになったんだ。

『そうか。また煩くなるな』

「うるさくなる?」

『ああ、ここ毎日、タック達は早く今日にならないかって、ずっと同じことばかり言ってたからな。あんまり煩くて、ピッキー達に怒られていたんだ。だからその家を見たら、もっと煩くなると思ってな』

新しいお家だもん。みんな楽しみだよ。ふふふっ、僕もねぇ、新しいお家、貰ったんだぁ。今度みんながお家に遊びに来た時に遊ぶの。だからまだ遊んでないんだよ、僕も楽しみなんだぁ。

『よし、行くぞ。乗れ』

ターちゃんの背中に乗って、みんなの所に出発‼　今日はフラさんも遊びに来ているんだって。この前フラさんとみんなでおままごとしたの、とっても楽しかったよ。全員でのおままごと、みんなそれぞれ役をして、いろんなことをしたんだよ。

僕はお肉屋さんをやったんだ。ふふちゃんはお菓子屋さん、にぃには冒険者さん、グッピーは王様になったよ。フラさんは僕の弟、一緒にお肉屋さんをやったんだ。

今日はタック達にお家を届けて、その後みんなで少し遊んだら、みんなが住んでいる所のお掃除と、ありがとうをするよ。

『今日は俺も１日いられるから、一緒に片付けと、ありがとうができるぞ』

「ターちゃんずっといっしょ？　やった‼」

『ターちゃん、いつもすぐ帰っちゃう。もっといる』

『俺もいろいろ忙しいんだよ』

トンネルを出たら、もうピッキーとタック達が待っていたよ。

『待ってたぞ！　それが俺達の家か‼』

「うん‼」

『早く運びましょう‼』

『わぁ、ついに素敵なお家に住めるのね！』

タック達が僕のお洋服をグイグイ引っ張って、僕は結界の中に入ったよ。それからピッキーのお家がある方へ歩いていったんだ。タック達のお家は、ピッキーのお家の二つ隣にしたんだって。

アランが場所を見て、お家がちゃんと置けるか確認をしたんだ。

「これならば大丈夫でしょう。では今からお出ししますね」

精霊さんと妖精さん達全員が、アランが包みからお家を出すのを待っているよ。そして……。

『わあぁぁ‼』

『カッコいい家だ‼』

『可愛いよ‼』

『何でもいいよ。素敵なお家なんだから』

『4階建てだね‼』

『凄いなぁ‼』

タック達、とっても喜んでくれたよ。他のみんなも凄いって拍手してたよ。僕もまだ見ていなかったので、一緒に拍手をしたよ。だってみんなと一緒に見た方がいいでしょう？　先に見ちゃダメダメだよ。

「では置きますね。設置した後は動かないように、土魔法で押さえます。中へ入るのはその後に」

アランが調整をして、まっすぐお家を置いてくれたんだ。設置する時はドキドキ。置いた瞬間、みんな大きなため息を吐いていたよ。

その後はアランが言った通り、土魔法で家の下部分をしっかり固めたんだ。これでお家を置くのは終わりだよ。

『俺、黄色のベッド‼』

『私は赤よ‼』

タック達がベッドに飛んでいったよ。

『う～ん、やっぱり最高だなぁ』

『これよ！　あの時のベッドと同じ！』

『今日からこのベッドで寝られるんだね』

『あ、見て見て、家具もしっかり！』

『これで宝物をしまえるね！』

「みんな、どうですかぁ？」

『アル、お願いしてくれてありがとな‼　最高だよ‼』

『『『ありがとう‼』』』

「えっと、ルーサーおじいちゃんがつくってくれたの。こんどありがとういいですか？」

『おう！　今度ありがとう言いに行くぞ‼』

「うん‼」

その後、代わりばんこに、タック達のお家に、他の精霊さんと妖精さん達が入っていったんだ。みんな喜んでくれたよ。

『いいお家が貰えて良かったね』

『これで完璧、引っ越し終わりだね』

『僕達の住んでいる場所へようこそ‼』

『今度泊まりに来ていい？』

『僕もベッド作ってもらえないかな？』

みんなでお家を見た後は、お家の中に荷物を運んだよ。精霊さんと妖精さんの大きさだから、全部が小さいんだ。僕のプレゼントのお部屋にある家具は、ルーサーお爺ちゃんが作ってくれた物と、ピッキー達から貰ったものと両方あるんだよ。

ピッキー達も作るのがとっても上手なんだ。僕は何か作ると、いつもぐちゃぐちゃってなっちゃうの。でも、ピッキー達に教えてもらって、前より上手になったんだよ。

『よし！　完璧‼』

『あとはまた、少しずつ作ったり、拾ったりしていきましょう』

『このお花、飾れて良かったぁ』

『僕、今度ベッドに合うイスを作ろうかな？』

『俺も何か新しい物作るかな。でもとりあえず今日はこれで終わり』

全部が終わって、みんなで拍手だよ。タック達、新しいお家良かったね‼

タック達のお家の整理が終わったから、その後はみんなで探検をして遊んだよ。みんなが住んでる場所はとっても広いから、タック達はまだ、全部見られないんだ。だから探検しながら、何があるか教えるって。

『ここはどんどんのびーるの木がある場所だよ』

『2本もあるのか⁉』

『へへん、僕が出したんだぞ！』

『俺達が前に住んでた所にはなくて、誰か見つけてこいって、ブリザードベアーがいつも怒ってたよ』

どんどんのびーるの木。えっと本当はローグの木って言うの。でも僕達は、どんどんのびーるの木って言っているんだ。どこを切っても、すぐにその切った所が元に戻るんだ。だからみんな、他の木も使うけど、よくこの木を使って何かを作るんだよ。

『これはキラキラが溢れる水溜まり。ここの水溜まりは石が溢れるよ。他の物も溢れる水溜まりがあるから、通ったら教えるね』

『花が溢れる水溜まりはある？』

『ご飯は？』

『あるよ！　蜜の結晶ができる水溜まりもあるんだ！』

いろいろ溢れる水溜まり。精霊さんと妖精さんが住む場所には、時々面白い水溜まりが自然にできるんだ。どうして？　って父様と母様に聞いたら。精霊さんと妖精さんの不思議な力が少しずつ集まって、不思議な水溜まりを作るのかもって言っていたよ。

今見たのは、キラキラの石が、時々溢れてくる水溜まり。他にも花や葉っぱ、食べ物や道具が溢れてくる水溜まり、いろいろな水溜まりがあるんだ。時々ポンポンって溢れてくるんだよ。とっても不思議な水溜まりだよ。

雨の水溜まりみたいに、バシャバシャ入っても大丈夫。でも食べ物とかだと、汚くなっちゃうといけないから、看板を立てて、普通の水溜まりと間違えないようにしているんだ。

『ここはぐるぐる池ね。向こうのフラさんのいる湖で遊ぶのもいいけど、ここでササッと葉っぱの船を作って競走したり、物を流してそれを掬って遊んだりするんだ』

『楽しそう！』

『でも船を作るのはちょっと苦手』

ぐるぐる池は、何もしていないのにお水がぐるぐる回っている池。みんな葉っぱのお船を作ったり、木を使って、しっかりしたカッコいい船を作ったりして、この池でぐるぐる、競走するんだよ。

あとはいろいろな物を流して、料理で使うようなお玉を使って、お玉が壊れるまでに何個物が取れたか競争するの。ぐるぐるの速さが変わるから、掬うのが難しいんだよ。

『ここ、珍しい物が多いんだな』

『うん！　なんかねぇ、アルが遊びに来るようになってから増えた』

『アルが？　何でだ？』

『分かんない。でも、本当に増えたんだよ』

『アルとジェレミーって不思議なんだよ。普通の人間にはできないことができるんだもん。僕達の結界が見えるし、粉をかけなくてもお話ができるし』

『最初はビックリしたけど、でもアル達と一緒だと楽しいから、僕達アル達が大好きなんだ』

『そっか。俺達も仲良くなれるかな？』

『大丈夫だよ。アルはすぐに誰とでも仲良くなれるんだ』

『仲良くならないのは、怖い魔獣だけ。たぶんタック達はもう、アルのお友達になってるよ』

『そうかな？』

『うん！』

『そっか!!　人間の友達初めてだぞ』

『ずっとお友達でいたいね』

『ああ!!』

『さぁ、次に行こう』

いろいろな所へ行くけれど、探検だから時々止まって、周りを調べるよ。前と違う所があって、新しい物が見つかることがあるからね。さっきは水草が新しく生えていたよ。草の先っぽが少しお椀みたいな形をしていて、そこに自然にお水が溜まるんだ。

お水の精霊さんが出してくれるお水も、ちょっと甘い感じがしてとっても美味しいんだけど、その水草のお水も凄く美味しいんだよ。でも、なかなか見つからない草なんだ。お家の周りには生えていないよ。

『あっ、そうだ。美味しい水のついでに、全部が美味しい滝に行く？　今日はそこで遊ぼう。残りは、どうせこれからここに住むんだから、またゆっくり案内してあげるよ。アル達と少し遊べた方がいいでしょう？　その後に、ありがとうもあるし』

『いいぞ！　でも全部が美味しい滝って何だ？』

『それは行ってからのお楽しみ！』

今日の探検最後は、全部が美味しい滝に行くよ。ピッキー達がいる場所は、とっても広いでしょう？

みんなのお家がいっぱいで、小池や湖があって。林の中なのに木の精霊さんが作ってくれた小さなお山もあるんだよ。それからフラさんみたいに大きな魔獣さんが来ても、とってもゆるゆるだし。

あのね、お外にある滝よりも、ちょっと小さな滝があるんだ。お水が湧き出てくる所があって、そこに石と岩の精霊さんが石と岩を積み上げてくれて、それから土の精霊さんと妖精さんが、石と岩が動かないように土でしっかりと押さえてくれたんだよ。

そしてその後に、ピッキーや他のお花の妖精さん、それから木の精霊さんが、カッコよく周りを飾ってね。

最後に湧き出ている水に、水の精霊さんが元気になる魔法をかけてくれたんで、今、石と岩のお山から滝みたいに水が出ているの。

お水が落ちた所は、小さな湖になっているよ。

『わあぁぁ‼』

『本物の滝みたいに！』

『もうこれ、本物の滝だよ！　小さくて僕達サイズの！』

『周りの花と木もいい感じだね！』

『これ、みんなで作ったのか！　凄いな‼』

『でしょう！　作るのが大変だったんだよ。最初はお水が流れ過ぎちゃって、この辺り一面水浸しになっちゃったし。だからって水を少なくしたら、糸みたいな水の流れになっちゃって、水溜まりよりも小さな水の溜まりができて、変な滝になっちゃったし』

『調節が難しかったんだよな』

『５日くらいかかったもんね』

『でも今はとってもカッコいい滝でしょう？』

『ああ、とってもカッコいいぞ‼　でも、全部が美味しい滝って何だ？』

『まぁ、まずは今の水を飲んでみて。この滝と湖の水は、もちろん飲めるよ。でも、魔獣達が来てここで遊んだ後は、精霊の息吹が使える子達が水を綺麗にしてくれるから、ちゃんと綺麗にしてもらってから飲んでね』

精霊の息吹とは、いろいろなものを綺麗にしてくれる魔法のことだよ。

『別にボク達は飲めないわけじゃないけど、毛が抜ける時期とか、泥だらけのまま来る魔獣とか、たまにいるからさ。見た目が悪いからそんな水、飲みたくないでしょう？　それにアルとジェレミーには、綺麗な飲み水にしてって、アルのパパとママに言われてるんだ。人間って面倒臭いよね』

『そういえば前にいた所の人間も、綺麗な水じゃないと、とか言ってたっけ。俺達はそのまま飲んでいたけどさ』

『いつアル達が遊びに来てもいいように、綺麗にしてあるんだよ。だからタック達もお願いね』

『おー‼』

「精霊や妖精達は少しの汚れなら触っただけで浄化できますからね。それだけ自然と共に生きている証拠ですよ。人間にはそれは無理でしょう。そもそも私達がここにいること自体がイレギュラーですからね」

『ん？　アラン、何か言った？　大丈夫だよ、アランにも飲ませてあげるから安心して。大人だからダメなんて、僕達言わないよ』

「いいえ、今日も滝が綺麗だなと。それとありがとうございます」

みんなで滝の湖に着いたら、タック達新しいお友達が、最初に湖の水を飲んだよ。

みんなの水の飲み方は、手でお水を掬って飲むか、精霊さんや妖精さんサイズのコップで飲むか、お顔をバシャってお水につけて飲むか、ボションッ！　とお水の中に潜って、泳ぎながら飲むかいろいろです。

僕ね、泳ぎながら飲むって大変じゃない？　って前に聞いたんだ。まだ泳げないけど、泳げるようになってもきっとできないよ、溺れちゃいそう。でもピッキー達は楽々だよって。みんな凄いよねぇ。

でも今日は、僕がいるから泳がないでお水を飲むって。タック達にも泳がないように言ったよ。だからタック達は小さなお花をコップにしてお水を飲んだんだ。

『ゴクゴク、ぷはあぁぁ‼　この水美味しいな‼』

『前に住んでいた場所のお水も美味しかったけど』

『こっちのお水の方が美味しい』

『でしょう。ここのお水は美味しいんだよ。だけど、これだけじゃないんだ。アル、やってくれる？』

「うん‼　ぼくがんばる‼」

『アル、ガンバレ‼』

「いえいえ、アル様、あまり力を入れて、『フンッ‼』とやってはいけません」

「う～ん」

「アル様、いけませんよ、旦那様と奥様とのお約束です」

「おやくそく、だいじ」

『お約束破るのダメ。だから少し力を入れて「フンッ‼」する』

「うん‼　いっぱいはダメ。でもすこしいっぱい『フンッ‼』する」

「いえ、もう少し静かな『フンッ』にしてください。この前と同じくらいです」

「……」

『……』

「がんばる！」

『頑張れ‼』

「はぁ、あまり強いようならお止めしないと」

『なぁ、さっきから〝フンッ‼〟て言ってるけど、何のことだ?』

『まぁまぁ、見てて。今からアルがとっても嬉しいこと、楽しいことしてくれるよ。アル、頑張って‼』

僕が湖に近づくと、みんなが僕からすこし離れたよ。それで僕は地面にお膝をつけて、それから万歳をして。そのまま思い切り。

『フンッ‼』

って。両手でお水を叩いたんだ。……どうかな？　ちゃんとフンッできたかな？

『アル、ありがとう、また次もお願いね』

「うん‼」

『じゃあタック達、またお水を飲んでみて』

『お水を？　美味しいから何回でも飲むけどさ』

タック達がお花のコップでまた湖の水を掬ってゴクゴクゴク。飲んだ途端、タック達みんながビックリのお顔になったよ。ふふふっ、ちゃんと僕、『フンッ』ができたみたい。

『何だこれ⁉　プルルの味になったぞ⁉』

プルルは葡萄味の木の実だよ。とっても美味しいんだ。

『どうして⁉』

『見た感じは、普通のお水だよね？　さっきと変わらないよね⁉』

『何でプルルの味がするの⁉』

『とっても美味しい‼』

『ふふふっ、みんな驚いたでしょう』

『なぁなぁ、何で味が変わったんだ⁉』

『これはねぇ、アルのおかげなんだよ。アルだけが、この湖のお水を変えることができるの』

そう、僕ね、湖のお水の味を変えられるんだ。最初にこの滝に遊びに来た時、僕は2歳で、今よりもいっぱいお話できなかったし、今よりももっと、ササッて動けなくて。……今もあまりにぃにみたいには動けないけど。

だから手をいっぱい動かして、みんなにいろんなことを伝えていたんだ。みんなちゃんと分かってくれたよ。

それで初めてこの滝に遊びに来た時も、一生懸命手を動かして伝えようとした時に『フンッ』って、お水を叩いちゃったの。

そうしたら、叩いてからすぐにお水を飲んだ精霊さんが、お水の味が変わったって言ったんで、みんなで確認したら、本当にお水の味が変わっていたんだ。

最初はどうしてお水の味が変わったかみんな分からなかったよ。僕もにぃにも、ふふちゃんもグッピーも、父様達も謎だったんだ。

分からないまま、またみんなとお話を始めたんだけど、僕はまた伝えようと思って、『フンッ』てお水を叩いちゃったんだ。

そうしたらまたすぐにお水を飲んだ妖精さんが、お水が変わった‼　って。またまたみんな大騒ぎに。その後はずっとお水の味がどうして変わったのか、お話し合いをしたんだ。

それでピッキーが、そういえばアルがお水を叩いた後に味が変わったよねって。それを聞いたみんなが一斉に僕を見たんで、僕ちょっとだけビクッとしちゃったんだ。

僕がお水を『フンッ』て叩くと、お水の味が変わる？　すぐに僕は湖のお水を叩いてみたよ。そうしたらピッキーが言った通り、お水の味が変わったんだ。僕もにぃにも、ふふちゃんもグッピーも。父様達もピッキー達も、み～んなビックリ。

それから僕は何回も湖のお水を叩いてみたよ。本当に変えられるの？　って確かめたんだよ。そうしたら『フンッ』ってやるたびに、お水の味が変わったんだ。まずいお水は1回もなくて、ぜ～んぶ臭くも苦くもない、良い香りのする美味しいお水。

それから僕は、滝の所に遊びにくると、『フンッ』ってやって、お水をいろいろな味に変えるんだ。

でも、父様と母様が、あんまり力を入れて『フンッ』ってやっちゃいけませんって言ったの。あのね、父様も母様も、アランもサイラスも、大人はみんな、魔法を使うのに、魔力っていうのを使うらしいんだ。魔法を使うための大切な力なんだって。

その大切な魔力を、僕はもしかしたら『フンッ』の時に使っているかもしれなくて。その魔力でお水の味が変わっているかもなの。

その魔力が、大人は分かるみたいだけど、僕には分からなくて。魔力は大人が使える、とっても強い力みたい。それなのに子供がその強い凄い魔力を使うと、病気になっちゃうかもしれないの。

だから父様も母様も、魔力が分からなくても、あんまり力を入れて、『フンッ』って、やっちゃいけませんって、僕とお約束したんだ。僕はただ『フンッ』って、お水を叩いているだけなのにね。

力いっぱい『フンッ』した方が、もっともっと美味しい水がいっぱいできるけどお約束。今はちょっとだけ力を込めての『フンッ』にしているよ。


『アル、凄いなぁ。こんな美味しいお水を、たくさん作れるなんて』

『でも、魔力本当に使ってるの？』

『僕達もよく分かんないんだ。僕達魔力は分かるはずなんだけど、アルの魔力はよく分かんない』

『そういえば、なんか不思議な感じがするような？』

『不思議だけどアルはアルだもん。僕達のお友達。ねー』

「ねー」

『ふふちゃんは家族』


僕は後4回、お水の味を変えたよ。1日5回まで、これもお約束なんだ。みんなで5回美味しいお水を飲みながら、おやつを食べたよ。

そしておやつの後のゴロゴロが終わったら、ありがとうの時間だよ。

『今日はもさもさの草の方へ行こうか』

『そうだね。前は大きな木の方で、その前はドロドロの方だったもんね』

『じゃあ決まりね。もさもさの草の方へ行って、そこから順番に、ありがとうができる所まで行こう』

みんなでゾロゾロ、モサモサ草の所へ移動したよ。モサモサ草は、もさもさの草だよ。えっとね、僕の膝くらいまで伸びる草なんだけど、途中から切っても、1分くらいですぐに元通りの長さに戻っちゃう草なんだ。

精霊さんや妖精さんは、このモサモサ草を使って、編み物をするの。籠を作ったり、ベッドに使うマットカバーを作ったり、モサモサ草のマットカバーの中にワタを入れてマットにしたりするんだ。

いろいろなことにモサモサ草は使えるの。僕は前に可愛いポシェットを作ってもらったんだ。僕とふふちゃんのお菓子が入る小さなポシェット。

それからドロドロは、精霊さんと妖精さんが作ったドロドロの泥のことだよ。あのね、僕もふふちゃんもグッピーも、精霊さんや妖精さん達も、みんな泥遊びが大好き。

でもお家の周りに泥遊びができる場所を作ると、周りはとっても汚れちゃうでしょう？　だから場所を決めて、遊ぶ時はそこへ行くの。

あと、そのドロドロで、おままごと遊びをする時に使うお椀やお皿を作ったり、意地悪な魔獣さんが近くに来た時、土の魔法を使えない精霊さんと妖精さんが、この泥で攻撃したりするの。

『さぁ、着いた。みんな並んで‼』

モサモサ草が生えている場所に着くと、ピッキーがみんなに並んでって言ったよ。すぐに精霊さんと妖精さん達が、モサモサ草の周りに並んだよ。僕とふふちゃんとアランはみんなの後ろで、僕のお隣にターちゃんね。

『おぅ‼』

『タック達も前に住んでた場所で、やってたでしょう？』

『まだタック達は使っていないけど、一緒にありがとういい？』

『もちろんだぞ‼　使ってなくても、みんなにありがとうは大事だもんな‼』

『うん！　それじゃあ、みんないい⁉』

『『うん‼』』

「はい‼」

『大丈夫‼』

『じゃあいくよ。いつもありがとうございます‼』

『『ありがとうございます‼』』

「ありがとございます‼」

『ありがとうございます‼』

『ありがとう』

みんなでモサモサ草に、ありがとうをしたよ。それから全員でモサモサ草にお水をあげたんだ。不思議な木と同じだよ。

ピッキー達も僕もふふちゃんも、時々ターちゃんも、みんなが住んでいる場所に生えている木や草や花、土や石、お水や花に蜜、いろいろな物を自然から恵んでもらっているからね。魔法でもサササッと出して使えるけど、自然の物もたくさん使っているんだよ。

だから精霊さんや妖精さん、魔獣さん達は、使わせてもらっているみんなに、時々お礼をするんだ。だから僕もちゃんと、ありがとうをするんだよ。

それで木や花、お水が大切な物にはお水をあげたり、お水で周りを綺麗にお掃除したり、土には土が元気になる魔法をかけたりするんだ。石にはその周りに、石を出せる精霊さんや妖精さんが、石をちょっと増やしたりするよ。

前にね、ピッキー達が、人間はあんまりありがとうしないって。みんな使わせてもらっているのに、ダメダメだよってお話ししていて、僕もダメダメだと思ったんだ。

だからみんなと遊んでいる時、みんなとありがとうをして、お家の近くにある不思議な木にも、お礼のお水をあげるの。

『もう少しお水をあげた方がいいかな？』

『こっちもう少しかも』

『アル、そこもう少し』

「うん‼」

『よし……と。みんなどう？　ちゃんとお水撒けた？』

『『撒けた‼』』

「まけました‼」

『バッチリ‼』

『じゃあ次の場所に移動しよう！』

次々といろいろな場所へ行くよ。ありがとうする場所いっぱいだから、どんどん進まないといけないの。

そうして帰る時間のちょっと前に、今日のありがとうが終わったよ。

『今日はこれで終わりかな。また少ししたら、別の所を回ろうね』

『ここは広いから、回るの大変だな』

『前の場所は、５ヶ所だけだったもんね』

『そうなんだ。他の子達はいなかったの？』

『いたけど、みんなけっこうバラバラに住んでたからさ。こんなにたくさんの仲間が住んでいる場所があるなんてビックリしたよ』

『そうなんだ』

『もしかすると、他のみんなもここへくるかも。そうしたら入れてもらってもいいか？』

『いいよ。どんなに来ても、この空間を広くすればいいだけだしね。さ、みんな。アル達がもうすぐ帰るから、今日もプレゼント持ってこよう！』

ピッキー達のプレゼント。今日はとっても美味しいお花の蜜だったよ。

「ありがとございます‼」

『ありがとう！』

『いつも美味しいお菓子を貰えるから、美味しいのお返し』

『そうだ！　アルにお願いがあったんだった』

「おねがい？」

『うん、今度アルのお家に遊びに行った時に、お菓子を作ってくれる人、えっとロジャーだっけ？　ロジャーとお話がしたいんだけど。いい？』

「アラン、いい？」

「はい。問題はございません」

『そう？　じゃあ２日後、遊びに行った時にお話しさせてね』

「うん！」

お話何かな？　お菓子のお願い？　フラさんみたいに大きなクッキーが欲しいのかな？　それだったら、僕も大きなクッキー欲しいなぁ。

お話が終わったら、カバンに花の蜜が入っている壺をしまって、ターちゃんの背中に乗せてもらい、トンネルまで移動したよ。みんなにバイバイをして帰ったんだ。

『じゃあな、アル、ふふ。またな』

「ターちゃん、ちょっとまつ‼」

『そのまま待つ‼』

『は？　何だ？』

「ター様。こちらを」

『これは……』

「いつもターちゃん、せなかにのせてくれる。だからありがとうございます‼」

『ありがとうございます‼』

「ありがとうのプレゼントです‼」

『です‼』

あのね、ターちゃんにいつもありがとうはするけど、ピッキー達みたいに、プレゼントをあげてなかったの。だから母様に何かプレゼントしたいって言ったら、母様がお肉を用意してくれたんだ。

今アランが、大きな葉っぱで包んであるお肉をターちゃんの前に置いたの。

「ターちゃん、いつもありがと！　のプレゼント‼」

『プレゼント‼』

『アル、ふふ、ありがとう！　こんな素晴らしいプレゼントを貰えるとは』

『えへへへ』

『ふふふふっ』

『だが……、持って帰って、アルからのプレゼントなどと言ったら、絶対に奪い合いになるな』

「ターちゃん、な～に？」

なんかブツブツしゃべっていたターちゃん。なんて言ったか聞こえないよ？

『いや、これはここで食べていいのかと聞いたのだ』

「たべてどぞ‼」

『どうぞ‼』

『じゃあ』

大きなお肉だったけど、ターちゃんも大きい魔獣さんだから、すぐに食べ終わっちゃったよ。

「ターちゃん、おいしかった？」

『かった？』

『ああ！　とても美味しいお肉だったぞ。ありがとう‼』

ターちゃんがニコッて、カッコいいニコッをしてくれたよ。ふふふっ、良かったぁ。

『それじゃあ俺は帰るが、また迎えに来るからな。じゃあな！』

「うん‼　ばいばい‼」

『バイバイ‼』

ターちゃんが、ビュッと走っていったよ。それから僕達もお家に帰って、お花の蜜はロジャーの所へ持っていったんだ。そうしたら今度このお花の蜜で、お菓子を作ってくれるって。

美味しいお花の蜜のお菓子、とっても楽しみ‼

第6章　みんなで一緒に、楽しいクッキー作り

「それではこれより、クッキー作りを始めます‼」

『『『わあぁぁぁ‼』』』

「クッキー‼」

『クッキー作る‼』

『クッキー、楽しみなんだな‼』

「わぁ、本当に僕達がクッキーを作れるんだ‼」

今日はピッキー達がお家に遊びに来る日。それからとってもとっても大切な日だよ。

6日前、ピッキー達のお家から帰る時、ピッキーがロジャーとお話ししたいってお願いしたでしょう？　それでその後、遊びに来た時に、ピッキーとロジャーはいっぱいお話をしたんだよ。

えっと、僕は精霊さんと妖精さん達と遊んでいたけどね。

それからピッキー達が帰った後は、父様と母様、オズボーンやユージーンや、サイラスやアラン、ロジャーがいっぱいお話し合いをしてたよ。それでね、とってもとっても大切で凄いことが決まったんだ。

あのね、ピッキーと精霊さんと妖精さん達と一緒に、みんなでクッキーを作ることが決まったの‼

ピッキーはいつもロジャーが作ってくれるクッキーが大大大好きなので、自分でもその大好きなクッキーを作ってみたくなったんだって。だからロジャーに、クッキーの作り方を教えてくださいってお願いしにきたんだ。みんな一緒にね。

それでロジャーは、簡単なクッキーの作り方をピッキーに教えたんだよ。でも、もしかしたらピッキー達が住んでいる場所では、クッキーが作れないかもしれないって言ったの。クッキーの材料も、クッキーを焼くお道具も、ピッキー達が住んでいる場所にはないかもしれないから。

それを聞いてピッキーは、材料とお道具を確認。そうしたらやっぱりどっちも、ピッキー達が住んでいる場所にはなくて。だからピッキーは僕のお家でクッキーを作らせてくださいって、またお願いしたんだ。ね、いっぱいお話ししたでしょ。

でもロジャーは、父様と母様、みんなに聞いてみないと、クッキーを作っていいか分からないって。その後の父様達のいっぱいのお話し合いは、ピッキー達がお家でクッキーを作ってもいいかのお話だったんだ。

そして父様達はいっぱいお話し合いをして、クッキーを作ってもいいって決まったんだよ。でも決まったのはそれだけじゃなかったよ。

僕とふふちゃん、にぃにとグッピーも作ってもいいって決まったんだよ‼　僕達もピッキー達と一緒にクッキーが作れるの‼

僕はお話し合いの次の日に、急いでピッキー達のお家に行ったんだ。父様も一緒だよ。それで父様から説明を聞いたピッキー達は、ビュンビュン飛んで大喜び。

僕にも魔法をかけてくれて、僕もふわふわ飛んだんだ。とっても楽しかったよ。父様とアランは、なんか慌てていたけど？

でもすぐに、クッキーは作れないんだ。みんなでクッキーを作ると、材料も道具もいっぱいいるから。クッキーのお話をしてから６日後の今日、ピッキー達が僕のお家に来たんだ。

『ねぇねぇ。アル見て‼』

『アル達と同じ‼』

『人間は何かご飯を作る時、これをしてただろ？』

『だから私達、この日のために作ったのよ！』

「みんなおそろい‼」

『ふふちゃんも作ってもらった‼』

『オレもなんだな‼』

「僕はカッコいいやつ！」

ピッキーも僕達もみんな、エプロンをしているよ。ピッキー達は自分で、好きな模様と形のエプロンを作ったんだって。

僕もふふちゃんも、にぃにもグッピーも、エプロンを作ってもらったんだ。僕もエプロンにはふふちゃんの絵が描いてあるの‼　ふふちゃんのエプロンには、ふふちゃんの大好きなご飯、芋虫の絵が描いてあるよ。

にぃにのエプロンは、ロジャーが着けているカッコいいエプロンのにぃにサイズ。グッピーのエプロンは、グッピーの絵が描いてあるんだ。

「ふふふっ、みんなおそろい、うれしいねぇ」

『『嬉しいねぇ』』

「では最初に、皆さん手をしっかり洗ってください。料理を作る前は必ず手を洗う。とても大切なことです。もし汚れたまま料理を作って、その汚れのせいで料理が不味くなったり、食べられなくなったりしたら大変です」

『不味いのはダメ‼』

『食べられないのはダメ‼』

『みんな、しっかり手を洗って‼』

『洗った後はクリーン魔法もやろう‼』

ピッキー達はみんなで交代しながら、お水の魔法を使って手を洗ったよ。僕はアランに抱っこしてもらって、ロジャー達が使っている流し台の所で洗ったんだ。洗った後は精霊さんが、クリーンっていう綺麗になる魔法をかけてくれたよ。

「手を洗い終わりましたか？」

『『はーい‼』』

「はいっ‼」

『2回洗った』

『バッチリなんだな‼』

「クリーンもしてもらいました！」

「では、まず、今日クッキーを作るために使う材料をお教えします」

クッキーを作るには、小麦粉みたいな粉と、お砂糖と、お花の蜜と、チョコレートみたいな味がする、いろんな色のチョッコを使うんだよ。様々な大きさのチョッコがあって、今日は僕の指先よりも小さな丸いチョッコだよ。

それから卵の黄色い部分とバター。……これで終わり？　僕はもっといろいろな材料を使うと思っていたよ。

『これだけ？』

『これで作れるの？』

「はい、これでしっかりクッキーは作れますよ。では何グループかに分かれてクッキーを作りましょう。人数が多いですから、15グループくらいでお願いします。ちゃんと道具は用意してありますから安心してください。お坊っちゃま方こちらに』

ピッキー達がささささっと、15個のグループに分かれたよ。僕はふふちゃんと、にぃにとグッピーと一緒だよ。

「ではまず、バターを溶かします。私がやってみますので、見ていてください」

最初はバターを溶かすんだって。みんながロジャーの周りに集まって、ロジャーがバターを溶かすのを見ているんだ。僕はアランに抱っこしてもらったよ。

「いいですか、魔法でこのように、バターを溶かしてください」

おお〜、バターがトロ〜リ。塊は全部なくなって、綺麗な金色のトロトロになったよ。

「では、グループごとで、それぞれバターを溶かしてみてください。坊っちゃま達はまだ魔法が使えませんので、今私が作ったバターをお使いください。バターは熱いのでお気をつけくださいね」

「はい‼」

『気をつける‼』

『バター、いい匂いなんだな！』

「クッキーって、バターが入ってるんだね」

僕達のバターはロジャーが作ってくれたから、ピッキー達のバター作りを見に行ったよ。

ピッキー達はバターが入っている容れ物の上から、火の魔法で温めるみたい。

隣のタック達のグループは容れ物を持ち上げて、下から火魔法で温めていた。横から温めているグループもあるし、みんないろいろな方法でバターを温め始めたよ。

『いいよう〜、そのままそのまま！』

『あっ、溶けてきた！』

『う〜ん、バターのいい匂い』

ピッキー達も綺麗にバターを溶かしてたよ。でも……。

『ねぇ、なんかグツグツだよ』

そう聞こえてきたので、僕達は隣のタック達の所に行ってみたら、バターがグツグツ、お湯が沸いている時みたいになっていたよ。

「ああ、これではやり過ぎです！　これは後で私達が別の料理に使いますから、もう一度こっちのバターでやってみてください。そっとですよ」

タック達はちょっとバターを温め過ぎちゃったみたい。ロジャーが失敗しちゃったバターを持っていく間も、バターはずっとグツグツしていたよ。

タック達の他にも、失敗しちゃったグループが半分。バターが溶けないで、カチンコチンに凍っちゃったバターもあったよ。何で凍っちゃったのかな？　でも2回目はみんな失敗しないで、ちゃんとバターを溶かすことができたみたい。

「では次にバターに砂糖を入れて掻き混ぜてください。こうですよ」

シュカカカカカって、ロジャーがバターと砂糖を、物凄い勢いで掻き混ぜたよ。ふおお、カッコいい‼　あんなに速く掻き混ぜるんだ‼

『カッコいい‼』

「シュカカカカ、僕達にできるかな？」

「よく掻き混ぜて、砂糖を完璧に溶かしてくださいね。混ぜる道具はこれを使います。混ぜるのはちょっと難しいですが、頑張ってくださいね。それと私のように速く掻き混ぜなくても大丈夫ですからね。しっかり掻き混ぜることが大切です」

掻き混ぜるのは、細くて薄い木のヘラだよ。ふふちゃんとグッピーがお砂糖の入れ物を持って飛んで、バターの入っている容れ物に入れてくれたよ。

「じゃあ、順番に掻き混ぜようか。僕は最後、砂糖がしっかり溶けるか確認するね。最初は誰がやる？」

『オレ、やるんだな‼』

『次ふふちゃん‼』

「ぼく、３ばん‼」

順番が決まって、グッピーが混ぜるヘラを持って、ぐるぐる掻き回し始めたよ。掻き回し始めてすぐだった。他の精霊さんと妖精さんのグループから、『わあぁぁぁ‼』って叫び声が聞こえてきたと思ったら別のグループからも、『逃げろ～！』って声が聞こえたよ。

見たら精霊さんと妖精さんが掻き混ぜている砂糖の混ざったバターが、周りにいる子達の方へ飛んじゃって、みんなベタベタになっていたんだよ。

ロジャーと他の料理人さん、母様とレイラが、急いでベトベトのみんなの所へ行って、掻き混ぜるのはちょっとだけ中止。ベタベタの子達や汚れちゃったテーブルは、みんなクリーン魔法で元通りにしたんだ。

それから、周りに飛んじゃって少なくなったバターとお砂糖を、新しく用意し直したよ。

クッキーを作る材料の量はちゃんと決まっているから、少なくなるとダメなんだって。

少なくなっちゃったやつは、他の料理人さんが後で別のクッキーに使うから大丈夫みたい。

「いいですか。そっと掻き混ぜてくださいね。しっかり掻き混ぜなくてはいけませんが、それでもそっとです」

『でもロジャー速い』

『ねぇ、速いよねぇ』

「私はずっと料理を作ってきたので、できるんですよ。坊っちゃま方も皆様も、初めてのことなので、ゆっくりでいいんです。それに失敗しても大丈夫。皆、そうして上手になっていくのですから。さぁ、もう一度始めましょう」

シャカカカカは、まだ僕達ではできないみたい。う〜ん、残念。でもいつかロジャーみたいに、カッコよく掻き混ぜられるようになるかな？

まずはグッピーがクルクル掻き混ぜるよ。僕とふふちゃんとにぃには容れ物を押さえる係。押さえるのも大切なお仕事だって。容れ物が動いちゃったら、上手く掻き混ぜられないもんね。

『掻き混ぜるなんだな‼』

パシャパシャ、少しずつグッピーがヘラで掻き混ぜるよ。お砂糖は……。最初にふふちゃんとグッピーがお砂糖を入れた時に少し溶けて、今グッピーが掻き混ぜたら、もっと溶けたんだ。

『よいしょ、よいしょ、なんだな』

『グッピー上手』

「うん！　しっかり掻き混ぜられてるよ‼」

「グッピーこぼさない、がんばる‼」

『うん、なんだな‼』

グッピーは最後まで綺麗にクルクル、バターとお砂糖を混ぜることができたよ。僕とふふちゃんとにぃには拍手！

次はふふちゃんの番だよ。ふふちゃんは片足でヘラをしっかり持って、片足で容れ物の縁の所に立ったよ。それでゆっくりヘラを持っている足を動かし始めたんだ。クルクル、クルクル、とっても上手なんだ。片足で立っているのに凄いんだよ！

「ふふちゃん、かたあし、カッコいい！」

『片足の角度がカッコいいんだな！』

「ふふちゃんも上手だね‼」

『ふふちゃん、カッコいい……。今度片足で立つ練習する』

カッコいいまま、止まらずに掻き回し続けたふふちゃん。ふふちゃんも最後までしっかり掻き混ぜたよ。お砂糖は……、もうほとんど見えない？　次は僕の番だよ‼

「がんばる‼」

『アル！　頑張れ‼』

『しっかりなんだな‼』

「アル、しっかり‼」

さっきまではアランが抱っこしてくれていたけど、今はロジャーが台を持ってきてくれて、僕はその台の上に立ったよ。みんなしっかりクッキー作りして、僕だけ抱っこは嫌だもんね！

僕はヘラを掴んで、そっとそっとバターとお砂糖を掻き混ぜたよ。ちゃんと混ざるかな？

掻き回し始めてすぐに、お砂糖は全部見えなくなったんだ。でもなんかバターがちょっとザラザラしているような？　僕は一生懸命、でもバターとお砂糖をこぼさないように、何回も掻き混ぜたよ。

「ふぃ～」

『アルも上手に掻き混ぜた』

『オレ達とっても上手なんだな』

「じゃあ、最後は僕」

ふぃ～、僕、最後まで頑張ってバターとお砂糖を掻き混ぜたよ。お砂糖は……、ちゃんと溶けたかよく分からないけど。

最後はにぃにだよ。にぃにがフンッ！　と力を入れて、バターとお砂糖を掻き混ぜ始めたよ。僕達は容れ物を押さえながらにぃにの応援。それでね、にぃに、とっても凄かったんだ。

「ふおぉぉぉ‼」

『グルグル凄い‼』

『ジェレミー、料理人みたいなんだな‼』

にぃにね、ロジャーよりグルグル速くないけど、でもとっても速く、ヘラをグルグル回したんだ。それなのにぜんぜんバターとお砂糖を溢さないの。

「僕、お兄ちゃんだもん。最後は僕がしっかりやらないと！」

「にぃに、がんばれぇ～！」

『がんばれ‼』

『ジェレミー、やっちゃえなんだな‼』

「やっちゃえって、バターと砂糖を混ぜているだけなのに。それじゃあ誰かに挑んでいるみたいじゃないの」

「でも奥様、坊っちゃま方にしてみれば、かなりの強敵かと。溢さずにあれだけ掻き混ぜられるなんて凄いと思います」

「そうね、子供達にしてみたら強敵かしらね」

僕達よりも長い時間、グルグル凄く掻き混ぜてくれたにぃに。ロジャーにちゃんとできたか聞いて合格を貰ったよ。それでにぃにに拍手。にぃにがしっかり混ぜてくれたんだもん。

僕達が終わってからすぐに、他の精霊さんと妖精さん達も掻き混ぜるのが終わったよ。でも掻き混ぜるのが終わったと思ったら、すぐにまた別の掻き混ぜが始まったんだ。

次は卵をバターとお砂糖に入れて、また掻き混ぜるの。卵もそのまま入れちゃダメなんだ。透明な部分と黄色の部分を分けて、黄色の部分だけ入れるんだよ。

ロジャーが卵を割るのを見せてくれたよ。半分に卵を割って、割った殻の片方に卵の中身を入れ、それからすぐにもう片方の殻に、卵の中身を入れ直すの。それを何回かやったら、ちゃんと透明の部分と黄色の部分に分かれたんだ。

「おぉぉぉ～」

みんなで拍手です。

『凄い!!』

『ちゃんと分かれたよ!!』

『魔法使った？』

『使ってないよ、だって魔力感じなかったもん』

『魔法を使わないで。こんな凄いことできるの⁉』

『うわぁ、なんかとっても難しそう』

「確かにこれは、初めてではとても難しいです。ですから料理人と一緒にやってみてください。卵を軽く支えますから。そうして分かれた黄色い物を、先程のバターの中に入れて、また混ぜてください」

卵を割る係をみんなが決めているよ。

「はい！　ぼくやりたい‼」

『じゃあアルで！』

『アル、頑張るんだな‼』

「アル、がんばれ‼」

「じゃあアルは、母様と一緒にやりましょう」

「かあさまといっしょ！　わぁい‼」

僕が卵を割る係。母様が一緒に卵を割ってくれるって。ふへへ、母様と一緒、嬉しいなぁ。母様と一緒に卵を持って、テーブルの上にトントンってぶつけたよ。こうやって、卵にヒビを入れて、そこから割るんだって。

割る時、とってもドキドキだったよ。だってお隣のピッキー達が失敗しちゃって、卵が横につるんと落ちちゃったんだ。卵はすぐに料理人さんがお片付け。別のお料理に使うって。だから僕、割る時とっても緊張したよ。

「さぁ、割るわよ。そっとよ」

「うん！」

母様が力を入れて、僕も力を入れたら、ピキピキ、パカッ！　って卵の殻が割れたんだ。と、すぐに母様が片方の卵の殻を上に向けて、そこに卵の中身が入ったよ。

「さぁ、次いくわよ。せぇの！」

母様が空の方の卵の殻を上に向けて、そこに卵の中身を入れたんだ。

「さぁ、止まらずに！」

「うん‼」

ヒョイ、ヒョイ。僕は一生懸命母様と同じように手を動かしたよ。そして何回かそれをやったら、卵の下に用意しておいた小さなお椀の中に、卵の透明の部分が、つるんと落ちたんだ。

「ふぅ。アル、ほら、上手に黄色い部分が残ったわよ」

「ふおぉぉぉ‼」

『アル、凄い‼』

『1回も落とさなかったなんだな』

「わぁ、アル、凄いねぇ！」

「さぁ、黄身も落とさないうちに、容れ物に入れてしまいましょう」

「うん‼」

ぽとんっ。きちんと黄色の部分をバターお砂糖の中に入れることができたよ。そしてすぐにふふちゃんとグッピーが交代、ヘラでバターお砂糖を掻き混ぜて。最後はにぃにがまたまたしっかり掻き混ぜてくれて。僕達のバターお砂糖卵、完成だよ‼

ふぅ、僕たち一度も溢さないでできたよ。凄いでしょう‼　これからも頑張る‼　美味しいクッキー作るんだもんね‼

「それでは次に、クッキーを作るために1番大切な粉を、今作った液体の中へ入れていきます。見てください。本当はこのような大きな袋に入っているんですよ」

ロジャーと他の料理人さんが、ドンッ‼　って大きな大きな袋を、テーブルの上に載せたよ。僕よりも大きな袋なんだ。クッキーを作るための特別な粉は、この大きな袋に入っているんだって。

小さい袋もあるけど、クッキーの特別な粉は、他のお料理にも使えるから、大きな袋じゃないといけないんだ。

僕達や小さい精霊さんや妖精さん達は、この大きな袋に近寄っちゃダメダメだよ。倒れてきたら潰されて、お怪我をしちゃうかもしれないから。大人の人でも3人いないと運べないくらい重いんだって。

「今日、粉は別の容れ物に入れて用意してあります。皆さんはそれを使ってくださいね。そして粉を液体の中に入れたら、皆さんで一生懸命掻き混ぜてください。それから……」

最初はサラサラ、でもだんだんとネチョネチョしてきて、その後は粉が固まっていくみたい。それで固まってきたら、みんなで一生懸命、粘土みたいにコネコネするんだって。

「それでは粉を入れてみましょう」

粉は小さな容れ物に入っていたよ。僕とにぃにが一緒に粉を入れて、最初混ぜるのはふふちゃんとグッピーがやったんだ。その後はみんなでネチョネチョ、コネコネ。

「じゃあアル、入れるよ」

「うん‼」

僕はしっかり容れ物を持って、バターお砂糖卵に粉を入れようとしたんだけど、その時。

「いいですか。粉はそっと入れ……」

『粉、入れてー‼』

『バサササササッ‼』

『⁉　わぁ！　なんかモクモクしてきた⁉』

『わわっ⁉　前が見えない‼』

向こうの方でクッキーを作っていた精霊さんと妖精さん達の慌てる声が聞こえて、僕とにぃにには容れ物を持ったまま、そっちの方を見たんだよ。

そうしたら煙みたいなものがモクモクしていて、みんなが見えなくなっていたんだ。どうしたの⁉　何があったの⁉　煙⁉　僕も慌てちゃったよ。

あっ‼　煙の中から一人の精霊さんと一人の妖精さんが出てきた‼　ん？　何でみんな髪の毛から脚の先まで真っ白なの？　それに……。

『ま、前が見えない‼』

『み、みんなどこ⁉』

それから、モクモク煙から出てきた精霊さんと妖精さんが、そのまま隣で粉を持っていた精霊さんと妖精さん達に、思いっきりぶつかっちゃったんだ。

そのせいで粉の容れ物を持っていた他の人が、容れ物を落としちゃったの。そうしたらまた別の煙がモクモク出てきちゃったの。

でもそれだけじゃなく、違う煙のモクモクから出てきた、真っ白な精霊さんと妖精さん達が、またまた他のみんなにぶつかっちゃったんだよ。で、お部屋の中が半分くらい煙でモクモクになっちゃったんだ。

「たいへん‼」

『モクモク‼』

『みんな真っ白なんだな‼』

「わわわっ、大変‼」

「レイラ！　ジェレミー達を連れて向こうへ！　ジェレミー、アル達と手を繋いで動いちゃダメよ‼」

「うん‼」

母様が僕達に動かないように言って、僕達はレイラと一緒に壁の方へ避難したよ。それから母様とアラン、ロジャーと他の料理人さんが魔法を使ったら、すぐにモクモク煙は消えたんだ。

ふい～、良かったぁ。でも……。

ピッキー達はみんな真っ白、テーブルの上も真っ白になっていたよ。

「これは……、私が言うのが遅かったですね。先に言えば良かった」

『何これ～』

『みんな真っ白～』

『全部が真っ白～』

「みんな、お話は後よ。クリーン魔法で自分の体を綺麗にして」

母様に言われて、みんなが自分にクリーン魔法をかけたんだ。それですぐにみんな元の姿に戻ったよ。

それからテーブルの上は、僕達の作ったやつは大丈夫だったんだけど、真っ白に変わっちゃった。みんなが作ったバターお砂糖卵の入っていた容れ物は、料理人さんがササッとお片付けしたよ。最後はクリーン魔法でテーブルの上も綺麗にしたんだ。

全部のお片付けが終わると、ロジャーが新しい容れ物を、精霊さんと妖精さん達に用意してくれたよ。バターお砂糖卵も入っているやつ。

あのね、クッキーの粉は、とっても静かに入れないと、ふわふわって飛んじゃって、今みたいにモクモク煙みたいになっちゃうみたい。それに飛んだ粉は、いろいろな所にすぐにくっついちゃうんだって。

だからみんなが思い切り粉を入れたから、あんなにモクモクになって、それがみんなにくっついて、真っ白になっちゃったんだ。

『危ないねぇ』

『クッキーの粉、使えなくしちゃったね』

『バターのやつも』

『食べ物は大切』

『うん、みんなでごめんなさいしよう』

『『『ごめんなさい』』』

「私も先に説明せず、すみませんでした。お互い次からは気をつけましょう」

『『『は～い！』』』

『でも、けっこう面白かったよな』

『うん、ちょっとビックリしたけど』

『またやりたいかも』

『食べ物はダメだから、他の何か探そう。それでみんなでモクモク真っ白やってみよう！』

『アル達も一緒にやろうね!!』

「うん!!」

「嫌だわ。何が楽しいのよ。やる時は汚れてもいい洋服を着させないと」

テーブルも精霊さん達も妖精さん達も、み〜んな綺麗になったから、粉入れるところからスタート!!　今度はモクモク真っ白にならないように、みんなそっと粉を入れたよ。僕とにぃにもそっとそっと、サラサラサラ、少しずつ粉を入れたんだ。

ふぃ〜、うんうん、モクモクしないで粉を入れられたよ。他のみんなは？　横を見たらピッキーもタックも、みんなちゃんと粉を入れられていたよ。

次はふふちゃんとグッピーが、バターお砂糖卵と、粉をそっとそっと、サラサラじゃなくなるくらいまで混ぜたんだ。混ぜる時も一緒だよ。今思い切り混ぜちゃうと、やっぱりモクモクになっちゃうから、とっても危険なんだって。

『あっ！　待って待って！　いいこと思いついた!!』

いろいろな物を作るのが大好きな妖精さんのモン君が、急にみんなを止めたんだ。それからすぐだからって、何かを作り始めたよ。

それでモン君が作った物を見た、モン君みたいに作ることが大好きな精霊さんと妖精さん達が、同じ物をササッと作ったんだ。僕やにぃに、掻き混ぜない精霊さんと妖精さん何人かに、作った物を配ったよ。

えっとね、カムリっていう殻が透明な、草むらにいるカタツムリみたいな貝の魔獣さんがいるんだ。カムリは体が大きくなると、新しい殻を自分で作って、古い殻から出て、新しい殻にお引っ越しするんだよ。

モン君達は、そのお引っ越しで、いらなくなった殻を使って、僕のお顔くらいの、持つ所が付いている盾みたいな物を作ったの。

『またモクモクが危ないから、これ作ってみたよ。こうして容れ物の周りに立てて、モクモクしても周りに広がらないようにすればいいと思うんだ』

『そかっ‼』

『危険だもんね！』

『これでしっかり、周りを守ろう‼』

『モン、ありがとう‼』

『みんな！　危険だから構えて‼』

『『『うん‼』』』

僕とにぃにも、貰った盾を容れ物の周りに立てたよ。

「……ただクッキーを作っているだけよね？」

「はい、奥様」

「なんか凄く危険なことをしている感じなのだけれど。あんなに警戒している顔、この前、街に魔獣が来るかもしれないと騒ぎになった時よりも真剣な顔してるわ。ただのクッキー作りよ？」

「では、今度は手でこねていきましょう。最初は手に付いてしまいますが、こねているうちにしっかりと固まってきますから、心配しないでどんどんこねてください」

手が毛でモコモコの子は、木の皮でできているツルツルの袋を手袋みたいに付けて、紐でしっかりと縛ってから、コネコネするよ。僕やにぃにはそのままコネコネ。

ロジャーの言った通り、最初はとってもぐちゃぐちゃネチョネチョになって、手にいっぱい付いたんで、それを取りながらコネコネするのがとっても大変だったよ。

精霊さんや妖精さん達も、ネチョネチョが体に付いちゃって、飛べなくなっちゃう子やテーブルにくっついちゃった子もいて、そういう子はクリーン魔法を使って、少し材料を入れ直してコネコネしていたよ。

でも少しすると、ネチョネチョじゃなく、モチモチしている塊になって、粘土みたいにコネコネできるようになったんだ。

「そろそろ良さそうですね。では皆さんこねた物をボールのように丸めて、テーブルの上に置いてある板の上に載せてください」

「ボール‼」

『まん丸‼』

『クッキーなのに、まん丸ボールなんだな？』

最初はみんなで丸くして、最後はにぃにがまん丸にしてくれたよ。それから板の上にそっと置いたんだ。

「それでは次はこの棒を使います。今から私がやるので見ていてくださいね」

ロジャーが持ったのは、長くて丸い木の棒だったよ。それからロジャーは、自分で作ったまん丸ボールの上にその木の棒を載せて、コロコロ転がしたの。

コロコロ、コロコロ、前に後ろに棒を転がしたんだ。そうしたら、まん丸ボールがどんどん潰れていって、最後は丸い平べったい座布団みたいになったよ。僕もにぃにもみんなも拍手したよ。

「いいですか。他の料理人も手伝いますから、やってみましょう。丸くならなくても大丈夫ですからね」

『『『は～い‼』』』

「はい‼」

『頑張る‼』

『どんどん潰すんだな‼』

「グッピー、多分潰してるんじゃないよ。広げてるんだよ」

「お坊っちゃま方は私と一緒に」

僕達はロジャーと一緒にまん丸ボールを平べったくしたよ。最初はふふちゃんから。ふふちゃんが木の棒の真ん中を持って、ロジャーが木の棒の端っこを持ってコロコロ。最初はまん丸ボールだから、あんまり長くコロコロコロコロじゃなくてコロコロ。でもやっているうちに、だんだんとコロコロが多くなってきて、それからちゃんとまん丸ボールが潰れていったんだ。

半分くらい潰れたら、今度はグッピーの番。ふふちゃんはコロコロ成功だよ。

『ドキドキした。でもちゃんと潰れた』

「うん‼」

『俺も頑張って潰すんだな‼』

「だから潰してるんじゃなくて、広げてるんだよ」

ふふちゃんみたいに木の棒を持って、グッピーもコロコロを転がしたよ。もうまん丸ボールじゃないからコロコロするのが多くて、グッピーは前に後ろにちょっと大変そうだったけどね。でもでも、グッピーもコロコロ成功したよ‼

グッピーの次は僕の番。1番最後は綺麗に平らにしないといけなくて難しいから、にぃにがやってくれるって。

しっかりと木の棒の真ん中を持って、ロジャーと一緒にコロコロコロ。おおっ、力をあんまり入れなくても、平べったくなってきたまん丸ボールが、もっと平らになっていったよ。

「アル坊っちゃま、これは生地というのですよ。他にもいろいろありますが、これがクッキーの生地といいます」

ロジャーが、まん丸ボールの名前を教えてくれたよ。他にもいろいろな生地があって、みんな美味しい料理になるんだって。他の生地も作ってみたいなぁ。

その後もいっぱいコロコロした僕。僕もコロコロ成功だったよ‼　最後はにぃに。にぃに、凄いんだよ‼　最初はロジャーと一緒にコロコロしていたけど、途中から一人でコロコロしたの‼　それで成功したんだ。にぃに凄いでしょう‼

みんなのコロコロが終わったら、料理人さん達が確認。ピッキーもタックもみんなちゃんとコロコロができていたよ。

「さぁ、次はクッキーの形を作ります。これは型と言います。これでクッキーの形を作るのです」

ロジャーが持っているのは丸や三角、お星様や魔獣の形をしていて真ん中が空いている変なやつ。これでどうやってクッキーになるの？

ロジャーは最初に三角の型を持って、そのまま自分の生地にそれを置くと、ギュッと型を上から押したんだ。それから型を持ち上げると、クッキーの生地に三角の穴が開いたよ。そして型の穴の部分をロジャーが押したら、三角の生地が落ちてきたの。

「この三角を焼くと、いつも皆様が食べているクッキーになります」

『『『わー‼』』』

「ふおお‼　すごい‼」

『三角できた‼』

『昨日三角のクッキー、食べたんだな‼』

「わぁ、綺麗に形ができるんだ！」

「たくさん型は用意してありますから、皆さん好きな形を作ってください。それからもう一つ。見ていてくださいね」

　ロジャーが今作った三角クッキーを別の板の上に置いて、他にもう二つ同じ三角クッキーを作ったよ。そして一つにはチョッコを付けて、一つには小さな箒で、花の蜜を塗ったんだ。

「こうしていろいろなクッキーを作ることができるんですよ。そのままでも甘くて美味しいですが、見てください、こちらはニコニコの顔のクッキー。こちらは花の蜜が美味しいクッキーです。この蜜を塗った道具はハケと言います」

「ふおぉぉぉ‼」

『笑ってる‼』

『花のいい匂いもするんだな‼』

『面白い‼』

『上に置くだけ？』

「チョッコは少し押してください。顔ではなく模様でもいいですよ。花の蜜は塗り過ぎるとクッキーの生地が柔らかくなってしまうので気をつけてくださいね」

『『『は〜い‼』』』

「はい‼」

『いろいろ作る‼』

『全部作りたいなんだな‼』

「僕は何作ろうかなぁ」

凄い凄い！　僕何作ろうかな‼　型は丸と三角と、魔獣さんのフラちゃんとターちゃんだよ。

丸と三角はお店で売っている型だけど、フラちゃんとターちゃんの型は、ルーサーお爺ちゃんが、今日僕達がクッキーを作るってロジャーがお話ししたら、作ってくれたんだって。クッキーができたら、僕が作ったクッキーをルーサーお爺ちゃんにあげて、ありがとうするんだ‼

にぃにとふふちゃんとグッピーとお話しして、順番に型を交換することにしたんだ。僕はターちゃんの型から。最初だけ母様と一緒に型を押したよ。

型はすぐに生地にめり込んで、持ち上げたらちゃんとターちゃんの形は残ったよ。それから型からクッキーの生地を押して落として……。できた‼　ふぅ、良かったぁ、これなら僕一人でできるかも。

もう2回、ターちゃんの型を作るよ。一つは普通の、一つはチョッコで、もう一つがお花の蜜。みんなでそれぞれ３つずつ作るんだ。それでまだ生地が残ったら、また作るの。

ドキドキしながら、今度は一人で型をやってみるよ。きちんとしっかり上から押して、まっすぐまっすぐ上に持ち上げる……。できた‼　一人でちゃんとできたよ‼

僕だけじゃなかったよ。にぃにもふふちゃんもグッピーも、みんな一人で、クッキーの形ができたんだ‼

全員できたから、型を交換してどんどん作っていくよ。隣を見たら、ピッキー達もタック達も、みんな次々と作っているね。

あっ、もうチョッコのクッキー作っている子がいる‼　お花の蜜も‼　僕も頑張らなくちゃ。

どんどんクッキーの形を作った僕。ふふふっ、全部の型をやったけど、ぜ〜んぶ失敗しないで作ることができたよ。にぃにもふふちゃんもグッピーもだよ。

それでクッキーの生地はまだ残っていたから、またみんなでそれぞれクッキーの形を作って、最後、生地は穴だらけになったよ。だからみんなで型はこれで終わりだねぇってお話ししていたら、まだだったんだ。

ロジャーが生地をまとめて、まん丸ボールを作って、また木の棒で平べったくしたら、また生地ができたんだ。なんとまたクッキーの形が作れたの！

そうやって、クッキーの形を作って、またまん丸にして、平べったくして、5回もクッキーの形を作ることができたよ。

「小さい子に、きちんと間を空けずに、なんて言っても無理よね。それに初めてのことだし。型をとるのはいいけど、生地が大量に余るわよね。でもそのおかげで何回もできるって、逆に喜んでいるからいいかしらね」

「はい、奥様」

最後はロジャーが、もうクッキーの形を作れない生地を持っていき、それを料理人さんに渡して、料理人さんはササッと型を使わずに、クッキーの形を作ったよ。僕もみんなも拍手したよ。型を使わないのに、綺麗な丸と三角を作ったんだ、凄いねぇ。

クッキーの形が終わったら、次はチョッコだよ。フラさんとターちゃんの両方のクッキーを作ったよ。フラさんのクッキーの形には、背中の所にチョッコでお花を作ってみたんだ。フラさんの背中のお花、とっても可愛いしカッコいいから。

ターちゃんのクッキーは、お日々とお胸にエンブレムを作ってみたの。この前、次の日に取れる特別なノリを使って、僕が作ったエンブレムを付けてあげたんだ。そうしたらとっても喜んでくれたの。だからチョッコをエンブレムみたいにしてみたんだよ。

丸と三角のクッキーには、いろいろなお顔と、様々な模様を作ったよ。笑っているニコちゃんのお顔。

笑っているけどただ笑っているんじゃなくて、ちょっとお口の三角を斜めにしたり、お目々の三角もちょっと怒っている感じにして、カッコいい、笑っているお顔を作ったよ。

模様はバラバラのチョッコをくっつけたやつや、周りに綺麗にチョッコを並べたやつ、しましま模様や、斜め線のやつ、いろいろ作ったんだ。

全部しっかりチョッコを付けることができたよ。あっ、できたやつは、ちゃんと誰が作ったか分かるように、それぞれ違う板に乗せて置いてあるんだ。

最後は花の蜜。花の蜜も最初は母様と一緒にやったよ。それから一人でやってみたんだ。蜜を溢さないようにするのが、ちょっと大変で……少し溢しちゃったけど、でもクッキーにちゃんと塗れたよ。

そして、みんなクッキーの形を作ったら、僕達がやるのはこれで終わり。最後は僕達が作ったクッキーの形を、窯で焼いて完成なんだって。

えと、今日は焼くクッキーが多いから、魔法と窯、どっちもやるみたい。窯も魔法も、とっても難しくて、間違うとクッキーが真っ黒こげになっちゃうかもしれないの。だからロジャーと料理人さんがやってくれるんだって。

僕達は危ないから、ちょっと離れた場所から見ることにしたよ。僕、ビックリしちゃった。

僕だけじゃなくてにぃにもふふちゃんもグッピーも、精霊さん達や妖精さん達もみんな。

だって、ロジャー達が窯に入りきらなかったクッキーを焼こうとして、火の魔法を使ったら、ブウォーッ‼ ってお部屋の中がとっても熱くなるくらい、凄い火魔法だったんだ。

離れた場所にいたのに、とっても熱くて、僕達お部屋から思わず出ちゃったよ。それで少し火魔法が弱くなってから、お部屋に戻ったんだ。ふぅ、ビックリした～。

精霊さんと妖精さん達は、危ないからって、さっきモン君達が作ってくれた盾を持っていて、僕もにぃにも真似してお顔の所を盾で守ったよ。ふふちゃんとグッピーは、僕とにぃにの肩に隠れて見ていたんだ。

でも、ビックリしたけど少ししたら、いつも食べている、美味しいクッキーの匂いがしてきたよ。

そしてロジャーが魔法を止め、窯の火を消したら、中を覗いて確かめたんだ。料理人さん達も魔法をやめて、窯からクッキーを出したんだよ。それからテーブルの上にクッキーを並べたんだ。

僕達はロジャーがいいって言うまで、その場でちゃんと待っていたよ。僕達が走っていってぶつかって、クッキーを壊しちゃうかもしれないから、母様が言うまで動いちゃいけませんって。我慢がまん、まだかなぁ、まだかなぁ。

「よし、間違いないな」

「はい」

「それではグループごとに並べましたので、先程ご自身が作られていた場所へ来てくださいね。とても熱いので、今は触ってはいけませんよ」

『『わーっ‼』』

「クッキー‼」

『ふふちゃんのクッキー‼』

『オレのカッコいいクッキー、やけたなんだな‼』

「みんな落とさないように気をつけて‼」

みんなでテーブルに走って、急いでアランに抱っこしてもらったよ、そして……。

ふわわわわわっ‼　テーブルには、僕が作ったクッキーが並んでいたんだ。みんな綺麗な色のクッキーだよ。

「ぼくのクッキー、できた‼」

『ふふちゃんのクッキーもしっかりクッキー‼』

『オレのカッコいいクッキー、できたなんだな‼』

「わぁ、本当にクッキーが作れちゃった‼」

僕やにぃに、ふふちゃんやグッピーのクッキーだけじゃなく、ピッキーやタック達も、ちゃんとクッキーを作ることができたよ。

『凄い‼　僕達クッキーが作れたよ』

『オレが作った、オレのクッキーだぞ‼』

「さぁ、皆さん、まだ熱いですが、すぐに少しだけ魔法で冷やしますので、是非焼きたてを食べてみてください」

ロジャーと料理人さんが風魔法で、手で持てるまでクッキーを冷ましてくれたよ。それで食べてもいいですよ、って言われたから、僕はドキドキしながら、そのまま何もしていない、丸のクッキーを持って、パクッ‼　サクサク、もぎゅもぎゅ、ごくんっ。

「……」

『……』

『……』

「……」

「『『おいしいっ‼』』」

みんな同時に、そう叫んだよ。えと、クッキーはサクサクふわふわで、それからふわぁとクッキーのいい匂いがして、とってもとっても美味しかったよ。

ピッキーやタックに聞いたら、みんなも同じだって。クッキー作り、成功だったよ‼

みんなで最初のクッキーを食べ終わった後、拍手したよ。初めてのクッキー、こんなに美味しいクッキーが作れて、僕とっても嬉しい‼

最初のクッキー、すぐに食べ終わっちゃった。たくさんクッキーを作ったから、半分に分けて、今日と明日のおやつにするよ。冷めても美味しいクッキーだから大丈夫なの。

今日食べる分をお皿に載せて、他のクッキーは料理人さんが隣のお部屋へ持っていったよ。ピッキー達精霊さんや妖精さん達の分もね。

ピッキー達はすぐに止めようとしたよ。だって、明日は遊ぶお約束じゃないから、クッキー持って帰らなくちゃって。うん、ちゃんと持って帰らなくちゃ。

そうしたらロジャーが大丈夫って。埃やゴミが付かないように、今だけ片付けておいてくれるって言ったんだ。ピッキー達は隣のお部屋をチラチラ。

でも他の料理人さんがジュースを持ってきてくれたから、お部屋を見るのをやめて、クッキーを食べていたよ。

僕も全部の種類のクッキーを食べたんだ。全部とっても美味しかったよ。蜜は、ピッキー達にこの前貰ったお花の蜜だったんだけど、凄くいい匂いがして、と〜っても甘くて大好きな味だったよ。

それに蜜を塗った所が、ちょっとカリカリ硬くて、飴を噛んでいるみたいだったんだ。僕がとっても美味しいって言ったら、ピッキーがまたくれるって。

今日の分のクッキーをみんなが食べ終わって、おやつの時間は終わり。夕方前、みんなが帰るまでプレゼントのお部屋に行って遊んだよ。今日はお店屋さんごっこをしたんだ。

クッキーを作る人とお客さんに分かれて、交代して遊んだの。卵をこぼしちゃう真似とか、モクモク煙とかも、ちゃんとやったよ。

そうして帰る時間になったから、みんなでピッキー達のクッキーを取りに、玄関ホールを通ってご飯を作るお部屋へ行こうとしたら、ロジャーと料理人さん達が来たんだ。それで精霊さんと妖精さん達用にって、僕のお顔二つ分くらいの大きさの籠を、何個か用意してくれていたんだよ。

「皆さんのクッキーは、こちらの籠に入れてあります。そのまま持って帰るわけにはいきませんからね。グループごとに分けてありますから大丈夫ですよ。それとこの籠は、クッキーがなくなったら、好きに使ってください」

『可愛い籠、ありがとう！』

『可愛い布がかかってる‼』

『俺達の宝物入れようか？』

『いろいろなことができるよ！』

『『『ありがとう‼』』』

魔法で籠を空間にしまったピッキー達と、ご飯を作るお部屋に行って、遊ぶお約束をしてバイバイしたよ。

『ロジャー！　クッキーありがとう‼』

「いいえ。喜んでいただけて良かったです」

『また何か作りたくなったらロジャーに頼むね！』

「え？」

『それじゃあ、アル、ふふ、グッピー、ジェレミー、また今度ね‼　ロジャー！　本当にありがとう‼』

ピッキーが1番最後に帰っていったよ。

「また何か作りに来る気かしら」

「そのようで」

「またこのドタバタが？　はぁ、いろいろ対策が必要かしらね」

ピッキー達とバイバイした後は、お仕事がまだ終わっていない父様に、僕達のクッキーを届けてあげたんだ。お仕事頑張って！　のクッキーだよ。

父様の机の上には、紙のお山が3つ。……父様まだまだお仕事終わらないみたい。でもでも僕達のクッキーを食べて、元気になったから頑張るって。ふふふっ、僕達のクッキーは元気になれるクッキーだよ。

でもお部屋から出る時、いつも一緒にいるユージーンがニコニコしながら、紙のお山をもう一つ父様の机に置いていったんだ。一つお山が増えたけど大丈夫だよね？　だって僕達のクッキー食べたもん。父様、頑張って‼

「せっかくのアル達のクッキーの余韻が」

「余韻を味わいたいのでしたら、いつでも味わえるよう常に机の上に書類の山がないようにしていただければ、問題はないかと？」

「……」

第7章　みんなでお出かけ嬉しいなぁ

「それで、あれの様子はどうだ？」

「はっ、問題なく」

「捕らえた魔獣達はどうしている？」

「中級の魔獣では20に一つの成功です」

「育ちはいいが、効果は？　といったところか」

「これだけ時間をかけ、まだそれだけとは」

「仕方ないだろう。何しろ我々は今までに誰も成し得ていないことを、やろうとしているんだから。今さら急いだってな」

「しかし、今までとは違い、研究の速度は確実に速くなった。一度ここで、試してもいいのかもしれん」

「お、やる気か？」

「私達がここで勝手に決められることではないだろう」

ガチャンッ！　中に入れば少し広い部屋に、いつも通りのメンバー、15人ほどが集まっていた。

「何だよ、いつも1番煩い奴が、今日は遅刻か？」

「ニッチコラス、何をしていたんだ。石に一番詳しいお前が遅れてどうする！」

「煩いぞ、チェスター。私はダリブリス様にお会いしていたのだ」

「何だと？　我々を置いてお会いしていただと⁉」

「どういうことだ‼」

「ダリブリス様に私が呼ばれたのだ」

「なぜお前が」

「おうおう、何だよ、何か選ばれるようなことをしたのか？」

「はぁ、お前達と話をするのも疲れるな」

「何だと‼」

「お前こそ、何様だと思っておるのだ‼」

「ふん、お前達などどうでも良いわ。ダリブリス様より、新たな命がくだった」

「それは本当か⁉」

「なぜお前に、ダリブリス様は命を伝えたのだ！」

「そんなこたぁ、どうでもいいだろう？　いい加減しろよ、面倒な奴らだな。それよりも命っていうのは何だ？　もちろん楽しいことなんだろうな？」

「あれを実験することになった」

「マジかよ‼　今その話をしてたんだぜ！」

「ダリブリス様が」

「だが、いまだに20に一つの成功なのだぞ。今やって、もしもこのことが外部に漏れでもすれば」

「何を言っている。今まで実験などと、一度も口にされなかったダリブリス様がおっしゃったのだぞ。それだけあれが、完成に近づいているということではないのか」

「静かにしろ。これは決定事項だ。実験は３日後に行う」

「３日後か。よし、ここにいる面倒な爺さん達の話を聞いている場合じゃないな」

「何だと‼」

「だってそうだろう。あんた達の中で１番若いのは俺なんだからな。それに、ぐだぐだ言っている暇があったら、３日後の準備をした方がいいんじゃないか？　成功すれば、もしかしたらついに動き始めるかもしれないんだぜ。俺達の真の目的が」

「こやつの言う通りだ。爺さんは違うが。私ももう行かせてもらおう」

「抜け駆けする気か！」

　バタバタ、ガヤガヤ、ガチャンッ。

「まったく、何も分かっていない者達が。これがどれだけ大切な実験か。それに私が他に命を受けたとは誰も思わんのか？　いや、あいつは気づいているだろうが。……ついにこの日が。

いや、まだ本番ではない、実験段階ではあるが、だがようやくここまで来られたのだ。もしも失敗するようならば命令通り、気づかれぬよう消さなければ」

ガチャンッ！

「……何だ？　１番に出ていったのではなかったか？」

「よう、いろいろ他にも命を受けてきたんだろう？　俺も交ぜろよ」

「何のことだ？」

「しらばっくれるなよ。まさか本当に実験だけなわけがないよな。大体あんたは実験をすると言っただけで、その他の話はしていなかっただろう？　どうせついでに、邪魔者を消そうとしてるんじゃないのか？　あとはあれだな、もしやられた時、あれをどう回収するかも言われてないしな。あれをそのまま放っておくわけないし。どうせあんたが回収して、何かする予定なんだろう？」

「……これからダリブリス様のもとへ戻る。お前もついてこい」

「ふんっ、本当楽しくなりそうだぜ！」

＊＊＊＊＊＊＊

「ふんふん♪　ふんふん♪」

『ふ〜んふん♪　ふ〜んふん♪』

『ふっふん♪　ふっふん♪　なんだな』

「いろいろお店、でてるかなぁ。僕いっぱい遊びたい」

「はぁ、お前達は楽しそうでいいな。私なんて向こうへ行っても、半分が仕事になりそうなのに」

「あら、それはあなたがいけないのでしょう？　あれほど早く終わらせるように言っておいたのに。あんなグタグタしていては、仕事が終わらないに決まっているじゃない」

「いやいや、私はやることはやったさ。だが途中で緊急の仕事が……」

「そういうことがあっても、しっかり終わらせることができなくてどうするのよ」

「はぁ、気晴らしに来たのに、なぜ見張られなければいけないんだ」

「ねぇ、とうさま、まだつかない？」

「アルのまだまだ攻撃が始まりそうね」

「アル、まだ半分も来ていないぞ」

　僕達は今、家族みんなで、お家から馬車で10日ほど離れた所にある街へ向かっているよ。街の名前はウライナク。

　あのねぇ、父様のお仕事が、少しの間少なくなるから、みんなでお出かけしましょうって、母様が言ったんだ。それで今、馬車に乗っているんだ。

でもね、父様のお仕事は少ないはずなのに、後ろからついてきている荷馬車には、父様のお仕事がいっぱい積んであるんだよ。何でいっぱいなのかな？　出発するまで、父様はずっとお仕事していたのに？

それにね、最初、オズボーンはお留守番で、ユージーンがついてくるはずだったんだけど、オズボーンも一緒に来ることになったんだ。

オズボーンとユージーンが、馬車に乗る前にお話し合いをしていて、ユージーンは父様にずっとついていなくちゃいけないから、オズボーンに同行してもらえて助かりました、ってお話ししていたんだ。母様が父様のお仕事が少ないって、間違えちゃったのかな？

僕ね、ウライナクに着いたら、ピッキー達にプレゼントを買うの。でも全員の分を買うのは大変。だって父様と母様に買ってもらうから。

だから母様が、全員に買うんじゃなくて、みんなで一緒に遊べる物を５個まで買ってくれるって。僕、今からプレゼント買うの、楽しみなんだぁ。

あと、ピッキー達とは、旅行の間は遊ぶのはお休み。みんなプレゼント楽しみにしているって。

あっ、あのねぇ、ピッキー達はクッキーを初めて作った後、自分達だけでクッキーを作ったんだ。僕ね、そのクッキーを貰って食べたら、とっても美味しかったよ。ロジャー達がいないのに、クッキーを作れるなんて凄いねぇ。僕もまた今度、クッキーを作りたいな。

『アル、ふふちゃん、楽しみお店にも行きたい』

「うん‼　ぼくも‼」

『オレは前、楽しみお店で、ぬいぐるみ貰ったんだな‼』

「僕の部屋に飾ってあるよね」

「あそこに行ったら、みんながどこかに走っていかないよう気をつけないと」

ウライナクには、楽しみお店がいっぱいあるんだよ。僕が前にウライナクに行った時は、まだ今みたいにパパッと動けなくて、あんまり遊べなかったんだ。えと、ふふちゃんも。

「ふふちゃん、いっぱいあそぼね！」

『うん‼　ふふちゃんいっぱい遊ぶ。それから頑張る‼』

ふふちゃんは、にぃにのお部屋に置いてある、前に来た時グッピーがお店で挑戦して貰った、ペガサスさんのぬいぐるみが大好きなの。だからふふちゃんも頑張って貰うんだって。

でも、もしペガサスさんのぬいぐるみがなかったら、特別に母様が同じぬいぐるみを買ってくれるって。何が貰えるか行かないと分からないから。

「はやく、つかないかなぁ」

『着かないかなぁ』

『魔法で飛んでいくんだな‼』

「そんな魔法ないよ」

「かぜのまほうで、ビュッ？」

『それがいいかも』

『みんなの風魔法ですぐなんだな‼』

「だから、無理だって」

　僕達は馬車の中、どうやったら飛べるか考えてるんだ。風魔法がダメなら、他の魔法は？　水魔法でビュッ‼　と。

「今まで街の話をしていたのに、今度は魔法の話。よく次から次へと話題が飛ぶわね」

「君達そっくりだよ。お茶会の時の君達といったら……」

「あらあなた、何か言った？」

「い、いや、何でもないさ。このまま晴れが続けばなって言ったのさ」

「そう。そうよね。晴れていた方が、子供達も動きやすいもの。それにせっかくの旅行ですものね」

「とうさま、あとどれくらい？」

「もうその話に戻ったのか⁉　後6日だ。まだまだだぞ」

「まだまだ」

『やっぱり魔法が必要』

『やっぱり風魔法なんだな！』

「だから飛べないよ」

お家を出発して10日。やっと10日目。僕もふふちゃんもグッピーも、馬車の中でダラァ〜ってしているよ。にぃには窓に寄りかかって、だらぁ〜、じゃないけど、ぬめぇ〜ってしているよ。

今日の夕方、ウライナクに着くんだけど、僕もみんなもちょっと疲れちゃった。いろいろな街にお泊まりして、それは楽しかったけど、馬車に乗っている間は窓から外を見ても同じ景色ばっかりで飽きちゃったの。

だから馬車の中で、おままごととか冒険者さんごっこをして遊んでいたんだけど、それもちょっと疲れちゃったの。

窓からお空を見てるけど、まだ夕方にならない？

「あと30分くらいか？」

「そうね、それくらいかしら」

「それじゃあ、そろそろ子供達は準備した方がいいか」

「私達は並ばずに、中に入れるのは助かるわね。さぁ、ジェレミー、アル、ふふ、グッピー、そろそろ準備するから、散らかしたおままごとの道具を片付けて」

「つくっ!?」

『着いた⁉』

『降りるんだな⁉』

「違うよ、まだ降りないよ！」

「アル‼　ふふ‼　グッピー‼　馬車の中でいきなり立ったり、飛んだりしない‼」

「まだ着かないけれど、もうすぐ着くから準備をするのよ。もう、暴れてはいけません‼」

僕もふふちゃんもグッピーも、もう着いたと思って、立ったり飛んだりしたら、まだだったんで父様と母様に怒られちゃった。失敗しっぱい。

でももうすぐ着くから、今まで遊んでいたおもちゃを全部綺麗にお片付けして、その後はお洋服を着替えるんだ。

えと、父様と母様は、お外に出る時のお洋服を着ていたよ。僕とにぃにも馬車に乗る時はお外用の洋服を着ていたんだけど、馬車の中で遊ぶから、動きやすい、汚しても大丈夫なお洋服にしなさいって、お洋服を着替えていたんだ。

だからちゃんとお外用のお洋服に着替えないとダメ。僕は大丈夫だと思うんだけど、でも外にいる人達に、笑われちゃうかもしれないんだって。

それからふふちゃんとグッピーは、僕達の家族って分かるように、足にちゃんと輪っかが付いているか確認するんだよ。

輪っかには、僕のお家のマークが描いてあるの。カッコいいドラゴンなんだよ！　このマークが付いているものは、僕のお家のものって印。魔獣さんの家族にも、しっかりとこのマークを付けてあるんだ。

僕のお家だけじゃなくて、他の人もいろいろな印を魔獣さんに付けてあって、それでこの子は自分の家族ですって、周りの人に教えてあげるんだ。

そうしないと、悪い人達が、魔獣さんをどこかに連れていっちゃうかもしれないんだって。それでその子はお家に帰れなくなっちゃうかもしれないの。そんなのダメダメだから、みんなちゃんと印を付けているんだ。

それから今日は首に、ふふちゃんには可愛いリボンを、グッピーにはカッコいいリボンを付けたんだよ。ふふちゃんのリボンは、ふわふわでヒラヒラ、ピンクと白の可愛いリボンなんだ。グッピーのリボンは、紐は青色で普通なんだけど、赤や緑やいろいろなキラキラが付いていて、とってもカッコいいリボンだよ。

今日は遊びに来ているから、おしゃれをしましょうって。何処かへお出かけの時は、ふふちゃんとグッピーもお着替えをするんだ。

でも同じものばかりは飽きちゃうから、彼らも僕達みたいに、おしゃれが入っているカバンを持ってきているんだよ。

「おかたづけ～」

『全部しっかりしまう』

『これはこっちの容れ物なんだな』

「アル、それはこっちの容れ物だよ」

おままごとのお道具は大切だから、しっかり、それぞれの容れ物にしまうんだ。なくなっちゃったら嫌だもん。

『これはこっちなんだな、シュパパパパパパッ‼』

「おぉ‼」

『これはこっちに、ぽぽぽぽぽっ‼』

「あ、今日はふふもグッピーも、１個失敗」

『チッ、失敗』

『箱に当たったのに、残念なんだな』

「ふふちゃん、チッなんて言っちゃダメよ。グッピーも、箱を足蹴りしちゃいけません」

おままごとで使うビー玉みたいな物があるんだけど、ふふちゃんとグッピーはいつもこのビー玉を足で蹴飛ばして箱に入れるんだ。とっても上手で、しっかり容れ物に入れるんだよ。でも時々、失敗しちゃうことがあって、今日は２匹とも１個失敗しちゃったんだ。その時にふふちゃんはいつも『チッ』って言って、グッピーは容れ物を軽くチョンと叩いたり蹴ったりするんで、母様にいつも怒られているんだ。

あっ、でも時々、父様も一緒に怒られるよ。ふふちゃんの『チッ』も、グッピーの軽く叩いたり蹴ったりも、父様のお仕事のまねっこだからね。

父様は時々書類を見て『チッ』って言って、書類が入っている箱を軽くパシッと叩いたり、足で横にずらしたりするんで、ふふちゃんとグッピーは父様のそれが気に入ったんだって。

でも父様のそれはお行儀の良くないことだから、母様はふふちゃんとグッピーに、いつもやめなさいって言ってるよ。それから父様には、僕達が真似をするから、そういうことはあまり見せないでと、いつも言っているでしょう！　って父様を怒っているんだ。

父様の『チッ』って言っている格好も、叩いたり蹴ったりする姿も、カッコいいのにね。お仕事でダラダラの父様より全然いいよ。

「母様、片付け終わり！」

「しっかり片付けられたわね。じゃあカバンにしまいましょう」

母様が僕の体半分くらいの大きさのカバンに、おもちゃをしまっていくよ。僕とふふちゃんとグッピーはカバンの横にしゃがんで、じっとカバンの中を覗いているんだ。

母様がカバンの中におもちゃが入っている容れ物を入れると、容れ物はシュッとカバンの中に消えるんだよ。なぜか入れる物全部が、シュッ、シュッ！　ってカバンの中に収まっていくんだ。

う〜ん、とっても不思議。実はね、今母様がしまっているカバンは、僕が持っているカバンと違うカバンなんだよ。えっと、僕達がいつも使っているのは普通のカバン。今日使っているのは、いつものカバンよりも、た～っくさん物が入っちゃう特別なカバンなの。

えと、僕達はピッキー達のお家に遊びに行く時、カバンにいっぱいおもちゃを入れていくんだけど、蓋が閉まらなくて、少しおもちゃを置いていくでしょう？　でもこのカバンは荷物が溢れないカバンで、い～っぱい入るの。

だからどうしてカバンに、大きさ以上の物が入るのか、中はどうなっているのか、カバンの中に入ってみてもいい？　って、ふふちゃんとグッピーと母様に言ったんだ。そうしたらカバンの中で迷子になっちゃうかもしれないからダメって。

カバンの中はそれくらい広いみたい。もしカバンの中に入って迷子になっちゃったら？　お外に出られなくなったらダメダメです。

カバンから物を取る時は、取りたい物を考えながら手を入れると取り出すことができるんだって。

迷子の時も考えてもらえたら出てこられるかもしれないけれど、僕達がカバンの中に入っているのが、母様と父様、みんなが知らなかったら、やっぱりお外に出られないでしょう？　だからやっぱり中に入るのはダメなんだ。

でもとっても不思議なカバンだから、このカバンを使う時はいつも周りに集まって、物がシュッ‼　って消えるのを見ているの。

「毎回毎回、よく見飽きないわね。そんなに面白い？」

「おもしろい‼」

『不思議‼』

『オレ達は迷子なんだな。でも他のみんなは迷子大丈夫なんだな？　そういえば捕まえた魚も、迷子で食べられないなんだな？』

「生きている子は入らないから大丈夫なのよ。みんな食材として処理してあるか、料理してあるから」

このカバンね、他にも不思議なことがあるんだ。食べ物を入れて、いっぱい時間が経っても腐らないんだよ。だからいつでもご飯が食べられるんだ。やっぱり凄い不思議カバンだね。

「さぁ、お片付けは終わり。次はお着替えよ」

にぃには自分で、僕は母様が、ふふちゃんとグッピーは父様がお洋服を着せてくれるよ。いつもよりもちょっとカッコいいお洋服。僕のお洋服の左胸には、僕が大好きなペガサスさんの絵が刺繍してあるんだよ。僕ね、このお洋服大好きなんだ。

と、お洋服を着ている時、パンッ‼　パンッ‼　って外から音が聞こえてきたんで、僕は窓から外を見ようとしたら。

「ダメよ、アル。動かないで。しっかり着せられないわ」

「かあさま、もうなってる？」

「ええ、そうね」

「いつもより早くないか？」

「そういえばそうね。いつもはもっと暗くなってからだものね」

父様が窓から外を見ているんで、僕も‼　僕も見る‼

「アル、だからダメよ。あと少しで終わるから我慢して。もう、ズレちゃったじゃない」

今のパンッ‼　パンッ‼　っていう音は、とっても楽しい音なんだよ。あのね、この世界にも花火があったんだ。あっ、でも、火を使う花火じゃないよ。えと、火も使うけど、あとは雷とか水とか、いろいろな魔法を使った魔法花火なんだ。

形も丸だけじゃなくて、クッキーみたいなニコちゃん花火だったり、魔獣さんの形をした花火だったり、しかもその花火が本物の魔獣さんみたいに動くんだ。あっちへ走っていったり、その場で宙返りしたり、とっても楽しい花火なの。

僕ね、楽しみお店も好きなんだけど、花火も楽しみだったんだ。ウライナクは夜になるといつも花火が見られるんだよ。

街に遊びに来てくれた人達に、楽しんでもらう花火なんだって。それから悪い魔獣さんが、街に近づかないようにするための花火。大きな音を出すと、自然の中で生きている魔獣さん達は、驚いて近づかなくなるんだって。

「かあさま、まだ」

「もうすぐよ。小さい子のまだまだ攻撃は、何にでも使われて困るわね。……さぁ、終わりよ」

先に準備の終わったふふちゃんとグッピーが、もう窓からお外を見ていて、僕も急いで二人の間に顔を突っ込んで、お外を見たよ。

「およ？」

「あら、どうしたの、アル？」

「なんか、あんまりきれいじゃない？」

『うん、いつもはもっとキラキラ、ピカピカ』

『いつもよりも半分くらいの、綺麗じゃないなんだな』

「ああ、それはまだ周りが明るいからよ。なぜか今日はいつもより早く打ち上げているから。まだ暗くないでしょう？　だからいつもよりもキラキラもパチパチも少なく見えるのよ。もう少しすれば、いつもみたいに、綺麗な魔法花が見られるわ」

う〜ん、ちょっとしょんぼり。でももうすぐ夕方、それですぐに夜だもんね。あっ、この世界の花火は花火って言わないんだって。魔法花って言うんだよ。お花の魔法が多いからなんだ。だから魔法花なんだって。

街に入ったら、今日はお店に寄らないで、すぐにお泊まりするお宿に行くんだよ。それで荷物を運んだり、これから1週間はここにいるから、それの準備をしたり。そんなことをしていると、すぐに夜のご飯の時間になっちゃうから、だから今日は遊べないんだ。

馬車がどんどん進み、少し行くと小さな点が見えてきて、またしばらくすると、壁が小さく見えてきたよ。ウライナクの街を囲っている壁だよ。

僕の住んでいる街も、他の街も、街を囲むようにと〜ってても高い壁が立っているんだ。街を守る大切な大切な壁なの。

街の周りは森や林、草原や海などの自然に囲まれているんだよ。それでたくさんの魔獣さん達が住んでいて、仲良しになれる魔獣さんばっかりならいいけど、さっきお話しした悪い魔獣さん達が街を襲ってきたら大変でしょう？　みんなお怪我しちゃうかも。だから街を壁で囲って、街と住んでいるみんなを守っているんだ。

あと悪い人達からも守ってくれているんだ。人でも獣人でも、悪い魔獣さんみたいに、酷いことをする人達がいて、街を襲ってくるんだ。だから、その人達からも防いでくれるんだよ。

あとは、壁を潜って街に入るけど、僕達は街に入る前に、壁の前で止まるんだ。街を守ってくれている騎士さんが、僕達を確認するんだよ。

悪いことをして、本当は叱られないといけない人達が逃げて、ほかの街に行ったり、もし戻ってきて街に入って、また悪いことをしたら困るでしょう？

だから、その人は街に入ってもいい人か、騎士さんが確認をして、許可を得られた人だけが、壁を潜って街の中に入ることができるんだ。

街が近づいてくると、どんどん壁が大きく見えてきて、もっと行くと、顔をぐい〜っと上げないと壁の上まで見えなくなったよ。

そして壁の前には長～い行列ができていたんだ。街へ入るために騎士さんが確認するでしょう？　その確認をしてもらうのに待っている列なんだ。僕の街に入るための列も、大きな街へ入るための列も、いっつも長いんだぁ。

でも僕達は並ばなくて大丈夫。僕達は貴族？　だから。貴族は入り口が別にあって、一般の人とは別だからすぐに入れるんだ。ちゃんと騎士さんが、僕達を調べてからだよ。

「失礼いたします」

馬車が止まって、外から声が聞こえて、馬車のドアが開くと騎士さんが立っていて、すぐに僕達に挨拶してくれたよ。

「長旅お疲れ様でございます、書類全て確認いたしました。問題ございません。どうぞお通りください」

「ああ。ここはいつも通りかい？」

「ほぼいつも通りです」

「ほぼ？」

「はい。そのことについては、後で宿に伺うとデフォレスト様から伝言を承りました」

「そうか、分かった」

騎士さんが敬礼をしてドアを閉めようとしたんで、僕とふふちゃんとグッピーも敬礼。シュッ‼　そうしたら騎士さんが、僕達にもう一度敬礼してくれたよ。

騎士さんの確認が終わったから、いよいよ街の中に入る。

「ふおぉ、ふおぉぉぉ‼」

『ほほほ、ほほほほほ‼』

『ブピピ、ブピピピピ‼』

街の中はお店と人と魔獣でいっぱいだったよ。それに母様が言ったみたいに、魔法花じゃないけど、街の中がキラキラピカピカして見えて、とっても綺麗だったんだ。

「あっ‼　おもちゃやさん‼」

『楽しみお店‼』

『お菓子屋さんがあるんだな‼』

「確か向こうに、面白い物を売ってるお店屋さんが」

「いやねぇ、入ってそうそうお店なの？　もっと街並みを見たらいいのに」

「ははは、まぁ子供はこんなものだろう。お、あの店もやっているな」

「あなた、お酒は帰りにしてちょうだいね。それと買うのもほどほどに」

「分かっているよ」

「本当に分かっているのなら、毎回毎回私に言われないと思うけれど？　デフォレストにも言っておかないと」

いっぱいの楽しそうなお店をどんどん通り越して、街の中心に進んだら4つの広い道があったけど、僕達は曲がらずに、まっすぐ進んだよ。

それからお店が少なくなって、街の人達が住んでいるお家が多くなってきたけど、そのお家も少なくなると、今度は少し大きなお家が見えてきたんだ。

そしてまたまた進むと、もっと大きなお家があったよ。ここが1週間、僕達がお泊まりするお宿なんだ。僕達は貴族だから、大きなお宿に泊まるって、前に父様が言ってたよ。

「さぁ、降りるぞ。ジェレミー達はすぐに部屋へ。みんな準備があるから、部屋から出ずに、大人しくしているんだぞ。もしちゃんと大人しくしていられたら、魔法花をやらしてやるからな」

「まほうはな‼」

『キラキラ‼』

『パチパチなんだな‼』

大きな魔法花は大人の人しかできないけど、小さな魔法花だと、僕達子供でもできる物があるの。

「おへやでしずかに！」

『静かに……、何かで遊んで静かにしてる』

『おままごとしてるなんだな』

「静かにおままごとか。ジェレミー、アル達を頼むな」

「うん、僕しっかり見てるよ！　だから今日の夜のご飯、チョッコジュースを飲んでいい？」

「ふっ、ああ、いいぞ」

最初に父様が降りて、次に母様、にぃにが降りて、僕はアランに降ろしてもらったよ。ふふちゃんとグッピーはパタパタ飛んで、にぃにと僕の頭の上に乗ったよ。

それからすぐにアランと一緒に、僕達がお泊まりするお部屋に行ったんだ。父様と母様が一緒のお部屋で、僕とにぃに、ふふちゃんとグッピーが同じお部屋だよ。

いつもにぃにとグッピーは違うお部屋だけど、泊まる時は特別。僕は一緒にお泊まりできて、とっても嬉しいよ。

お部屋の広さは、いつもの僕のお部屋の半分くらい。でも前の、地球の僕のお部屋よりは、とっても広いんだ。

窓からお外を見せてもらったら、さっきよりも暗くなっていて、いつもの綺麗な魔法花が見えたんだ。それから下を見たら、サイラスがみんなを指示して、荷物をどんどん運んでいたよ。

僕達のおもちゃの入っている不思議カバンは、アランが全部、持ってきてくれているから大丈夫。

みんなで魔法花を少し見た後、僕達は父様とお約束。静かにおままごとをして遊んだんだ。

あっ、あと、魔法花のまねっこもしたよ。

最初はしゃがんで、ヒュ～ンッって、だんだん立ち上がっていって、最後はパ～ンッ‼　それで最後に、この前ピッキー達にプレゼントで貰った光る石をパラパラって落とすの。ね、魔法花みたいでしょ？

「もう1かい！」

『パ～ンッ‼』

『キラキラ、パチパチ‼』

「……ジェレミー、あれは何だ？」

「魔法花のまねっこだよ。父様と約束したから、静かな声で、石も静かに落としてるんだ。石はすぐに集めてるよ。ね、みんな静かにしてる」

「私が言ったのはちょっと違う静かだ。あまり動かずに、周りに迷惑がかからないように、という意味だったのだが。まぁ静かに変わりはないか」

準備が終わったら、もう夜のご飯の時間になったの。父様と母様のお部屋に行って、みんなでご飯を食べたよ。

今日のご飯は、鶏に似ている、コケッコーっていう魔獣の丸焼きと、川魚のお刺身と、スープとサラダ。デザートはピッチパイだったよ。ピッチはモモに似ている果物なんだ。ぜ～んぶ美味しくて、残さず食べたよ。

ご飯の後はお約束、僕達静かにしていたもんね。だからみんなで小さな魔法花。

先端に特別な石が付いていている棒があって。まず僕達が、棒の石が付いていない方の所を持つんだ。

次に父様や母様、大人の人が、棒の先の石に魔力を入れると、キラキラ、パチパチ。魔法花が出るんだ。

「ふぉぉ‼　にじいろ‼」

『ふふちゃんは、半分緑で半分黄色のフワッとした魔法花‼』

『オレは、白色のパチパチ魔法花なんだな‼』

「僕は赤とオレンジのシマシマだ‼」

どんな魔法花が出るか、父様達が石に魔力を入れてからじゃないと分からないの。でもそれが楽しいんだ。

「次はどんなかなぁ」

『バチバチバチッ‼』

「ふふちゃん、バチバチこわくない？」

『大丈夫。バチバチを両方の足で持って、飛びながら足を動かす』

「……何か凄いことを言っているな」

「じゃあじゃあ、つぎがバチバチだったら、すぐにふふちゃんにわたす！」

『オレもなんだな‼』

「僕も！」

『ありがとう‼』

あのね、凄くバチバチ飛び散る魔法花があるんだ。ふふちゃんはそれがお気に入りなの。だからもし次にバチバチ魔法花だったら、ふふちゃんと魔法花を交換するんだ。

全員同時に石に魔力を入れてもらったよ。そうしたら僕とグッピーの魔法花が、バチバチ魔法花だったんだ。

急いでふふちゃんの魔法花を貰って、僕とグッピーがバチバチ魔法花をふふちゃんに渡したよ。

ふふちゃんは魔法花を持つと、すぐに父様の頭くらいまで飛び上がって、バチバチ魔法花をブンブン回し始めたんだ。

そのブンブン回るバチバチ魔法花がとっても綺麗で、僕は声でパチパチって言っていたよ。だって魔法花を持っているから、手を叩いたら危ないもん。グッピーも新しい魔法花を貰って、口でバチバチって言ってたよ。にぃにもだよ。

「ふふちゃん、きれい‼」

『それにカッコいいなんだな‼』

「回すと魔法花って、あんな風に見えるんだね！」

「……凄いな。凄いというか、迫力があるというか」

「嫌だわ、他の人まで拍手しているわ。もう、恥ずかしいわね」

「ま、まぁ、本人達はすごく楽しそうだからいいだろう」

「旦那様、デフォレスト様がそろそろ来られるかと」

「分かった。じゃあマリアン、後を頼む」

「ええ」

いっぱい魔法花ができて、とっても楽しかったよ。

魔法花が終わったら、今日はもうお休み。明日は朝から遊ぶからしっかり寝ないとね。母様におやすみなさいをして、今日はみんな一緒だから嬉しくて、同じベッドで寝たんだよ。

そういえば、父様がいつの間にかいなくなっていたけど、どこに行ったのかな?

＊＊＊＊＊＊＊

「何だって？　そんなことが!?」

「ああ。まぁ、そこまで強い魔獣達じゃなかったからな。騎士達だけで対処できたんだが、だがお前達が遊びに来ると手紙が来たからな。お前とマリアンがいるから、子供達には何もないとは思うが、それでも怖い思いはなるべくさせたくないと思っていたんだ。それで伝えようと思ったんだが、お前達はすでに出発した後だったんで、何かあればすぐに出られるようにしておいたんだよ」

「それは悪かったな。面倒かけた」

「なぁに、オレは仕事から少し離れられたから、問題はないさ」

「ふっ、お前らしいな」

「お前だって、旅行だっていうのに、仕事を持ってきているみたいじゃないか」

「出発する前日に急遽増えたんだ。私はそれまでしっかりとやっていたさ」

「ふっ、どうだかな」

「本当だぞ。はぁ、それにしても、そんなことになっていたとは」

私グリフィスは今、家族が泊まる部屋とは別の、小さな部屋で、この街を治めている友人のデフォレストと酒を飲みながら話している。

元々デフォレストとは学校が同じで、すぐに意気投合し、卒業するまで一緒に暮らしていたという、同級生の中でも1番の仲だろう。

それぞれ街を治めるようになってからは、学生の時のように頻繁には会えなくなってしまったが、それでもこうして年に数回は会いに来ている。が、ここ1年は忙し過ぎたため、会うのは久しぶりだ。

ちなみにマリアンも私達と同じクラスだった。と、いうか私達の学年の首席が彼女で、私とデフォレストは、マリアンには戦闘でも学問でも一度も勝ったことがなかった。

「ここに来るまでに、魔獣は見なかったか？」

「ああ、お前の言うような、上位ランクの魔獣はな。まぁ、集まってきたには集まってきたが、それはアルとジェレミーに寄ってきた精霊と妖精達、それと下位魔獣達だ。そのせいで何回か止まることになったが」

「ははは、お前の息子達は相変わらずだな」

「笑いごとじゃない。アルなんて遊ぼうと、連れていかれそうになったんだぞ」

「そうかそうか、くくくっ」

デフォレストはアルとジェレミーの能力を知る、数少ない人物の一人だ。何しろお互いに行き来する仲だからな。

黙っていたところですぐにバレただろうし、私はデフォレストを誰よりも信用している。デフォレストなら分かってくれるだろうと、私からジェレミーとアルの能力について打ち明けていた。

それと話したのには、他にも理由はある。もしも私やマリアンに何かあった時に、子供達を任せられるのはデフォレストだけだからだ。デフォレストにそのことを伝えると、そんな時は任せろと快く言ってくれた。

「まぁ、上級魔獣に遭わなくて良かったよ。精霊と妖精には襲われたが。くくっ」

「はぁ、その話はいい。それよりもこちらの話だ。今回のこと、たまたまなのか、それとも何か原因があるのか」

「それがな、どちらとも言えないんだよ」

「どういうことだ？」

「たまたまにしても、あれだけの上級魔獣が、そう簡単に街の方に出てくることはないはずなんだ。群れで動いていて、こちらに狙いを定めたっていうのならまだ分かるんだが、来たのは単独で動く魔獣達、奴らは利口だ。この街は他と比べてデカい分、奴らに対抗できる者も多い。奴らはそれをしっかりと分かっていて、わざわざ危険を冒してまで、ここへ来ることはない。まぁ、今お前が言った通り、本当にたまたまっていうのも捨てきれんが」

実は俺達がここウライナクに向かっている最中、ウライナクである問題が起きた。それは最上級とまでは言わないが、それでも普通の冒険者や騎士では、多人数いなければ対応することができない実力の上級魔獣達が、ウライナクに向かってきたんだ。

もちろん街を治めるデフォレストはすぐに動いた。そしてウライナクは、ここら辺りでは１番大きな街のため、他の街よりは強い者達も集まっており、本人も討伐に向かったので、魔獣達が街に来る前に、全て討伐できたのだ。

ちなみに私とマリアン、デフォレストは全員、A級冒険者の資格を持っている。お互い街を治めるようになるまで、様々な場所へ冒険に行ったものだ。

「あとは今も調査中だ。森で何があったのかと調べてみたが、今のところ何も分かっていない」

「そうなると、やはりたまたまの可能性が高くなってくるな」

「いや、それもそうとは言えないんだ」

「何だ？　何もないと言ったのに、やはり何かあったのか？」

「原因が何かは分かっていないが、魔獣達の様子がな。数頭、おかしな魔獣がいたんだよ」

「おかしな？」

「ああ。向かってきた数頭が、普段の体色と違っていて、肌がどす黒く変色していたんだ。濃さの程度は違ったが。そしてそいつらは討伐してから少しすると、ドロドロに溶けちまったんだよ」

「は？　ドロドロ？」

「骨だけ残して全部な。で、危険と判断してな。調べるための検体を採取した後、全てクリーン魔法で消そうとした。しかしクリーン魔法が利かなくてな。で、仕方ないから土でガチガチに固めて、地下深くに岩の空間を作って、そこに埋めた」

「何だそれは？　そんなこと、今までに聞いたことがないぞ!?」

「俺だって初めて見たさ。だけど本当のことだぜ。ちなみに検体も調べているが、まだ何一つ分かっていない」

「一体何が起きたんだ？」

「な、何とも言えないだろう？　たまたまの可能性もあるし、森で何か問題が起きている可能性もある。他にも、もしかしたら第3者が関わっている可能性もあるんだ」

街を魔獣が襲ってくることはたまにあるが、襲ってきた理由が分からないのは問題だ。だが、それ以上に問題なのは、得体の知れない魔獣達だ。どす黒く変色した肌に、討伐後に骨だけ残して溶けてしまったこと。もしも彼らが闇魔法による呪いでも受けていたら？　そしてそのドロドロしたものから、他の人々に呪いが移るようなことがあれば……。

「今回、手紙には書いていなかったが、オズボーンがついてきているだろう？　彼を少し貸してくれるか？　彼は呪いについて詳しいからな。もしかしたら何か分かるかもしれん」

「ああ、もちろんだ！」

オズボーンは、今では筆頭執事の仕事だけをしているが、若い頃は執事の仕事をしながら、国の研究機関にも顔を出していた、かなり有能な研究員だった。魔法の実力もかなりのもので、彼なら力になれるかもしれない。

俺はすぐにオズボーンを呼び、今回のことを説明した。そしてその日のうちにオズボーンは研究室へ向かった。私とデフォレストも、本当はもう少しゆっくり酒を飲み明かしたかったが、状況が状況ということで今夜は早めにお開きにし、街から帰る前にもう一度ゆっくり飲むことにした。

せっかく家族とゆっくりできると思ったが、そうもいかなくなってしまった。魔獣達がおかしくなったのが偶然だったのならいいんだが。なるべくこのまま、大きな問題が起きることなく、事態が収束してくれればいい。そして、アルやジェレミーをしっかり守らなければ。

第8章　事件発生⁉　僕の力？　新しいお友達ができました‼

「なるほど、そこまでは使えたのだなニッチコラス？」

「はっ！　何も問題なく」

「だが、あれしきの攻撃で、結局やられてしまってはな」

「そのことでダリブリス様にお知らせしたいことが」

「何だ？」

「こちらをご覧ください」

「……、……これは？」

「先程私の闇の力で融合した、支配の石でございます」

「これが？」

「はい。先程の作戦時に気づきました。魔獣同士、埋め込んだ支配の石が接近する場面があり、その時、私はたまたま魔法を使っていたのですが、私の魔法に二つの石が反応したため、作戦終了後すぐに試してみたのです」

「それで？」

「その結果、かなりの魔力操作と力加減が必要でしたが、うまく融合することができ、その石を生み出すことに成功いたしました」

「なるほど」

「また、私だけにできるのか、それとも私以外にも作り出すことができるのか。チェスターとロードライにやらせたところ、まったく融合することはできませんでした。まだ実験は始めたばかりですが、この石は私しか作ることができない可能性も」

「チェスター、今の話は本当か？」

「ええ、その通りで。俺など弾かれましたからね」

「ふむ」

「今回私が作り出した新たな支配の石は、ダリブリス様がお手にしている物ともう一つ。これからもできることならば作る予定ではいますが。その前にこの石の力を試してみたく」

「確かにこの石からはかなりの力を感じるが、元の石のように支配できるか分からない物を作るために、余計な時間はかけたくない」

「はい」

「分かった、認めよう。これほど力が強い支配の石は初めてだ。……どうせお前のことだ。ロードライとチャスター以外、この話はしていないのだろう？　今回のことはお前達３人でやれ。そしてもし成功したならば、すぐに作戦を開始する。この世界を手に入れるための作戦を」

「はっ‼」

「よっしゃ、行くか‼」

私とチェスターはダリブリス様の部屋を出て、ロードライのもとへ向かう。我々にとって必要不可欠な支配の石。どんな生き物でも支配することができ、上手くいけばその支配の呪いを撒き散らすことができる可能性がありそうだ。

そうなれば、支配する物を簡単に手に入れられるようになり、さらに我々の計画が進むことになる。

なぜか私の力で、今までよりも強い支配の石を作り出すことができた。これからの実験で上手くいけば、私達の、ダリブリス様の理想の世界にかなり近づくことができるだろう。

「実験にちょうどいい魔獣を知っている。ついでに言えば、その魔獣と戦わせるのに、ちょうどいい人間達が住む街が近くにある」

「へぇ、そんな奴がいるのか」

「ウィルトン公爵が治めている街だ」

「なるほど」

「ロードライとすぐに向かうぞ」

「へへっ、楽しみだぜ！」

＊＊＊＊＊＊＊

何だ、あの黒服の人間達は！　気配を一切感じなかったぞ。我らに気配を感じさせずに、目の前に現れるなど‼

キラースパイダーのロンテは、突然現れ俺達に攻撃してきた黒服の人間達に問いただす。

『お前達は何者だ‼』

「ふん、魔獣に名乗る名などないわ。ロードライ、チェスター」

「おう‼」

「分かった」

『子供達を避難させろ‼』

『避難できるまで、我々は攻撃を‼』

『パパー‼』

『ママー‼』

『奴の所へ逃げるんだ。すぐに俺達も追いかける‼』

『ガアァァァッ⁉』

『くそっ‼　こっちだ‼』

『早く攻撃しろ‼』

「チッ！」

「これではダメか」

「さすがは上級魔獣といったところか。他はお前達がやれ。あれは私が」

「分かった」

「チッ、しょうがねぇ」

『グアァァアッ!!』

『ギャアッ!!』

『攻撃を受けた者を中心に、下がりながら戦え!!』

『ロンテ!!　攻撃を受けた奴らの様子がおかしい!!』

『何だと!?』

『……これは呪いじゃないか？　何の呪いか分からんが』

『くそっ！　とりあえず下がるぞ!!　奴の所へ行けば呪いもどうにかなる!!』

『下がれ!!』

『!?　グアアアアアッ!!』

『ロンテ!?』

『ぐうぅぅっ』

『大丈夫かロンテ!!』

『くそ、子供達と他の避難者は!!』

『大丈夫だ。全員移動した。あいつがいてくれて助かったよ。すぐに戻ってくると』

「ロンテ‼　大丈夫か!?」

『フレドリックか。ああ、だが呪いを受けたようだ』

ハイエルフのフレドリックが駆け付けてくれた。

「チッ！　今から全員で飛ぶぞ‼」

シュッ！　シュッ！　シュッ！

「おうおう、逃げられたな」

「なぜエルフがここに？　しかもハイエルフが」

「まぁ、いい。奴らが向かった場所は分かっている。あとは頃合いを見て命令を下し、様子を見るだけだ。どれだけしっかりと支配ができるか、そしてどれだけ体がもつかを」


ドサッ‼

『ロンテ!?　何があった!?』

友人のリプセットが、急ぎ俺の所へ寄ってくる。

『リプセット、俺としたことがやられた。どうも呪いを受けたらしい。腹に石が埋め込まれた、どうもこれが呪いの原因のようだ』

『見せてみろ。……、……、……。これは!?』

「何だ、何が分かった？」

『これは支配の呪いだ。大昔に使われていた、今はなき支配の呪いと言って、これに呪われると、どんなに力のある者でも呪い主の言うことを聞いてしまう。だが意識は残っているため、苦しみながら、死ぬまでそれは続くらしい、そんな最悪な呪いだ』

「なぜそのような呪いを人間が⁉」

『これは早く取り除かなければ、まずいことになる。今から私が……。何だ？　抜けない？』

『グアアアアッ‼』

『ガアァァァッ‼』

『何だ？』

『呪いが効き始めてしまった。こんなに早く、なぜだ⁉　仕方ない、皆呪いを受けた者を外に出さぬよう、結界を張れ‼　それで少しでも時間を稼ぐしか……』

『大変だ‼』

『今度は何だ‼』

『他の魔獣達が数頭、あの精霊と妖精達が住んでいる森と、その近くの街へ向かっている‼』

『くそっ！　フレドリック、お前は呪いの対処に詳しかったな』

「ああ」

『私もこれの外し方を考えるが、外の様子も気になる。精霊達や妖精達も守らなければ。少しここを離れるが、ロンテ達のことを頼めるか』
「分かった」
『ロンテ、行ってくる。私達がどうにかするから、それまで頑張るんだぞ』
『ああ！』

＊＊＊＊＊＊＊

「ほら、アル、ふふ、グッピー、起きなさい。そろそろ着くぞ」

「う～ん、おうち、ついたぁ？」

『おうち……』

『すぴ～』

「アル、ふふ、グッピー、家に着くぞ。帰ってきたことに気づいて、ピッキー達が来るんじゃないか？　プレゼントを渡すんだろう？」

「プレゼント⁉」

『渡す⁉』

『すぴ～』

「もう！　グッピー、起きてよ。もう着くよ」

「みんなくるかなぁ？」

『きっと来る』

「プレゼント喜んでくれるかなぁ？」

『喜ぶ！』

『う〜ん、ふわぁ。オレ達も遊べるなんだな。ふわぁ』

僕達家族は、１週間ウライナクで過ごし、それからまた10日間馬車に乗って今日お家に帰ってきたよ。今はお昼ちょっと過ぎ。あと少しで着くから、もしピッキー達が来てくれたら、プレゼントを渡して、お話ができるはず。

僕達はウライナクでたくさん遊んだよ。楽しみお店は、僕はボール当てと、紐を引っ張るやつと、ぬいぐるみ掬いをやったんだ。あとくじ引きも。

にぃにとふふちゃんとグッピーは、それ以外にも、針刺しや難しい方のボール当てもしたよ。

僕がやったボール当ては、細い木の棒が10本立っている所に僕の手よりも大きなボールを当てて、木を倒すとプレゼントが貰えるというゲームだよ。倒した本数でプレゼントが変わるんだ。

紐を引っ張る楽しみお店は、束になった紐の先にそれぞれプレゼントが付いているので、好きな紐を引いたら先に付いている物を貰えるんだよ。

ぬいぐるみ掬いは、僕の指くらい小さなぬいぐるみが水の上に浮いていて、それをお玉で掬って、取ったぬいぐるみを貰えるんだ。掬っていいのは３回までだよ。

にぃにやふふちゃんやグッピーがやった針刺しは、小さな細い棒、僕の指より少し長いくらいの針を、少し離れた場所から、魔法で浮かんでいるシャボン玉みたいな物に投げて、割れたらプレゼントが貰えるんだ。

最後、難しいボール当ては、木の棒に当てるのは一緒なんだけど、投げる玉が簡単な方より小さいし、倒す棒ももっと細いんだ。それから投げる場所が離れているから、とっても難しいんだよ。

でも、僕もにぃにもふふちゃんもグッピーも、全部の楽しみお店で、たくさんプレゼントを貰えたよ。

ふふちゃんは針刺しで、ペガサスさんのぬいぐるみが貰えたんだ。今はふふちゃんの隣に置いてあって、ふふちゃんがお出かけの時に飾る、かわいいリボンとおなじリボンを付けたんだ。可愛かったペガサスさんが、もっと可愛くなったよ。

『あっ‼　家見えたなんだな‼』

グッピーが叫んだ時、窓から何かが入ってきて、僕の体にいっぱいひっついたんだ。絶対ピッキー達だよ。

「た、たすけて～」

「帰ってきて早々これか。まったく」

父様と母様が離れてって言いながら、ピッキー達を剥がしてくれたよ。それで急いで父様達は、言葉が分かる粉をかけてもらったんだけど、その間みんな馬車の中で飛び回っていたよ。

父様達が、ピッキー達の言葉が分かるようになったら、やっとお話だよ。

「ただいまかえりました‼」

『帰りました‼』

『ただいまなんだな‼』

「みんなただいま‼」

『お帰りー‼』

『帰ってくるの遅〜い‼』

『遊び、楽しかった？』

『何して遊んだの？』

『いっぱい遊んだ？』

一度にいろいろ聞かれて大変。みんなに少しずつお話しするから、ちょっと待ってね。それにお家に帰ったら最初に、みんなにプレゼント渡さないとダメでしょう？

僕がそう言ったらピッキー達が、プレゼント‼　って。また馬車の中をビュンビュン飛び始めたよ。こんなにビュンビュン飛んで、どうしてどこにもぶつからないのかな？

お家に着くまでは、ウライナクでどんなご飯を食べてきたかお話ししたんだ。それからプレゼント以外にも、みんなで食べるクッキーを買ってきたって言ったら、またビュンビュン飛んでいたよ。

そうしてお家に着いたら、僕とにぃにとふふちゃんとグッピーは、ピッキー達にグイグイ引っ張られてお家の中に入ったんだ。それでアランも一緒に、すぐに地下のプレゼントの部屋に行って、プレゼントを渡したんだよ。

プレゼントは全部で５つ。一つ目はみんなで使う用、おままごとの新しい道具セットだよ。僕のおままごとのお道具を、いつも持っていってもいいけど、みんなもおままごとのお道具欲しいと思って。それにみんなでおままごとをする時、道具がいっぱいあった方がいいもんね。

二つ目のプレゼントは、音を鳴らすと動くぬいぐるみ。お手々を叩いたり、何かを鳴らしたりすると、ぬいぐるみが頷いたり、手を叩いたりするんだよ。背中に魔力を溜める石が付いているので、それに魔力を入れて、音がするといろいろな動きをするんだ。

３つ目は面白いクッション。座るとふかふかだったり、硬くなったり、ボインボイン跳ねたり、急に魔獣さんの声がしたり。面白いクッションだよ。あっ、でも硬い時に座ると、お尻がちょっとだけ痛いんだ。

４つ目は笛のおもちゃ。吹くと魔獣さん達の鳴き声が聞こえるんだよ。えっと、笑っている時の鳴き声でね。でも時々ブーッ‼　って大きな音がする、ビックリな笛になるの。

『ブーッ‼』

『ハズレ〜‼』

『わぁ、ビックリした』

『凄い音。でも面白い‼』

最後、５つ目のプレゼントは、クッキーの型なんだ。ピッキー達、自分達でクッキーを作れるようになったでしょう？　いつも同じ型じゃ楽しくないもん。

だからいろいろな型を選んだんだ。ふふちゃんの好きなペガサスさんの型もあるよ。今度僕達がクッキーを作る時は、貸してもらうの。

『わぁ‼』

『凄い‼』

『型がこんなに‼』

『型だけじゃないよ！　プレゼント全部が凄いよ‼』

『アル、ジェレミー、ふふ、グッピー、アルのパパ、ママ、ありがとう‼』

『『ありがとう‼』』

「えへへへへ」

プレゼント、全部喜んでもらえたよ。良かったぁ。僕達はそのまま夕方前まで、プレゼントのお部屋で、新しいおもちゃで遊んだんだ。新しいおもちゃ、とっても楽しかったよ。時々お尻が痛かったり、ビックリしたりしたけど。

おやつは買ってきたクッキーをみんなで食べたよ。とっても美味しかったみたいで、お部屋の中をビュンビュン飛んじゃって、サイラスに怒られちゃった。持って帰る用のクッキーもあるから、みんな慌てないでね。

そして楽しい時間はもう終わり。でも、ピッキー達が帰る時間になったから、次に遊ぶお約束をしようとしたら、父様が慌てて入ってきて、ピッキー達にお話があるって言ったんだ。

父様達とピッキーがお話しする時は、僕と一緒じゃないとダメって、ピッキー達は言っていたから、僕達も一緒に父様のお話を聞くことにしたよ。

あのね、父様のお話、とっても大変なお話だったんだ。

『暴れる魔獣？』

『具合が悪そうな色？』

『ドロドロに溶ける？』

『そんな魔獣いたぁ？　遠くからでも見たことある？』

『『『な〜い！』』』

「強い魔獣じゃなくても、力が弱い魔獣でもか？」

『ボクは見たことないよ。みんなは？』

『『『な〜い！』』』

『ないって』

「そうか。分かった。時間を取ってくれてありがとう」

父様のお話は、とっても怖くて悪い魔獣さんのお話だったんだ。

なんかね、みんなに意地悪する、悪～いとっても強い魔獣さんが、もっともっと強くなって、色も変わっちゃった変な？　魔獣さんになっちゃったんだって。その変な魔獣さんが、街に来そうになったみたい。僕達が住んでいる街じゃないよ、遊びに行ったウライナクだよ。

だからウライナクの強い騎士さんと、とっても強い冒険者さんが、戦いに行ってくれて、変な魔獣さんをやっつけてくれたの。

でも父様は、もしかしたら僕達が住んでいる近くの森でも、変な魔獣さんがいるかもしれないから、ピッキー達に確認したんだ。

『変な魔獣だね』

『何かの病気とか？　色が変みたいだし』

『僕達の所、結界を強くした方がいいかも』

『そうだね、帰ったらすぐに強くしよう』

「気をつけるんだぞ。もしも危ないと思ったらすぐに逃げるんだ。その時にもよるが、私達の所が安全ならば、皆で来ればいい」

『うん、分かった。じゃあ僕達は……』

ピッキーが話している途中だったよ、急にピッキーが話すのをやめて、右の方を見たんだ。だからどうしたのかな？　って、僕もピッキーの向いている方を見てみたんだけど、何にもなくて。もう一度ピッキーを見たんだ。

そうしたらピッキーが見ている方を向いているのは、ピッキーだけじゃなかったよ。タックもモン君も、精霊さんや妖精さん達、みんなが同じ方向を見ていたの。

父様達も気づいて、変なお顔をしながらピッキー達の向いている方向を見たんだ。と、またまたその時。

「旦那様‼　緊急事態です‼」

ドアを叩く音とユージーンの声が聞こえてきて、その声はとっても慌てていたんだ。

「どうした⁉」

「魔獣の襲撃です‼　まだ距離はありますが、その数およそ２００‼　すべてが中級以上の魔獣との報告です‼」

「何だと‼」

「また、こちらへ向かってきている魔獣に対して、その魔獣達を攻撃している魔獣も複数いると！」

「どういうことだ？　襲撃しようとしている魔獣を魔獣が攻撃している？」

「あなた、考えるのは動きながらよ！」

「ああ！　サイラス、アラン！　お前達はこのままジェレミー達の護衛を！」

「「はっ‼」」

「ユージーン‼　戦闘部隊以外の者達には、オズボーンの指示に従うように伝えろ！」

「はっ‼」

「それから……」

『ねぇねぇ、魔獣は完全にこの街に向かっているでしょう？　僕達感覚で分かるし。間違いないと思うんだよ』

「待ってくれ、今は指示を……」

『こっちも急ぎだよ。今ならまだ間に合う。アル達、僕達の所に来ればいいよ。さっきはここに避難してきていいって言われたけどさ。今の状態だったら、僕達の方へアル達が避難してきた方がいいと思うんだ。僕達の結界もあるしね』

「……それは」

『それにさ、もし僕達の所で何かあっても、みんなで力を合わせれば、どうにか違う場所へ逃げられるし。周りには友達の強い魔獣がいっぱいだもん。だから今は僕達の所の方が安全だよ』

「あなた、確かにピッキーの言う通りだわ。もし本当に、今、こちらに向かっている魔獣が全てここへ来てしまったら。絶対にそんなことはさせないつもりだけれど、街へ入り込まれてしまったら……ピッキー達の所の方が安全よ。ここはピッキーの言葉に甘えさせてもらいましょう」

「……分かった。ピッキー、頼めるか」

『ボクは構わないよ。みんなもでしょ？』

『『『問題な〜い‼』』』

『よし、決まり‼　じゃあこれからすぐ……』

「行くのは数分待って。あなた、私はアル達を見送ってから合流するわ」

「分かった」

「ピッキー、今すぐに準備をするから待っていて。さぁ、ジェレミー、アル。部屋へ行くわよ！」

母様が僕を抱っこして、最初ににぃにのお部屋に行って、カバンを持ってから僕のお部屋へ行ったんだ。それでクローゼットをゴソゴソして、にぃにと同じカバンを取り出したよ。それから僕とふふちゃんに、大切なおもちゃをすぐに入れなさいって。

「どんなに多くてもいいから、どんどん入れて。ジェレミーも手伝ってあげて。私は他の物を持ってくるわ」

「うん‼」

アランがおもちゃ箱を持ってきてくれて、にぃにがこれは？　これは？　って、僕とふふちゃんに聞いて、僕達が頷くと、そのおもちゃをカバンに入れてくれたんだ。

「どんどん入れていいからね。これは父様達が持っている不思議カバンと同じで、このカバンはアルのなんだ。避難する時に荷物をいっぱい持って逃げられるように、準備してあったの。僕は前にカバンに入れていたけど、アルとふふはまだだったもんね」

不思議カバンは、僕のカバンだったよ。ペガサスさんマークが付いているのが僕のカバンっていう印だって。

「ささ、どんどん入れるよ！」

アランも一緒に、どんどんおもちゃを入れていったんだ。おもちゃだけじゃないよ。クッションを二つと、大きめのタオルケットを2枚。小さいタオルも10枚。いろいろな物を入れたんだ。おもちゃは箱1個分入れたよ。

そして入れ終わった時、母様がいっぱい箱を抱えて戻ってきたんだ。母様、顔も見えないくらい箱を持っているのに、どうやって歩いてきたの？

「サイラス、アラン、手分けしてジェレミーとアルのカバンに入れるわよ！」

「分かった！」

「はっ‼」

僕達はそっと、箱の中を覗いてみたんだ。そうしたら箱の中にはご飯がいっぱいだったよ。

「これは全て食べ物よ。どれだけ時間がかかるか分からないから、たくさん持っていきなさい。ご飯を思い浮かべれば、何か手元に出てくるから」

何箱もあったご飯、全部不思議カバンに入っちゃったよ。やっぱり凄いね、不思議カバン。

「アル、２回だけ練習しましょう。最初はおもちゃのことを考えながら、カバンに手を入れてみて」

「うん‼」

僕は母様に言われた通り、おもちゃのことを考えながら、カバンに手を入れてみたよ。そうしたらすぐに手に何かが当たって、僕はそれを掴んでカバンから手を出してみたんだ。出てきたのはちゃんとおもちゃだったよ。

そのおもちゃをカバンに戻したら、次はご飯のことを考えながら、カバンに手を入れてみたよ。そうしたら次もちゃんとご飯を取ることができたんだ。

「大丈夫そうね。いい？　今みたいに取りたい物を考えて手を入れるのよ」

「うん‼」

「いい子ね。ピッキー、みんな待たせたわね。さぁ、行きましょう‼」

みんなで玄関に向かったよ。ピッキー達だけなら、ご飯を作るお部屋にある小さなトンネルから行けるけど、今日は僕とにぃにとふふちゃんとグッピーがいるから、裏のお庭掃除道具の小屋の方からピッキー達のお家に行くんだ。

「さぁ、私はここまでよ。ジェレミー、アル」

玄関ホールに着いたら、母様が僕とにぃにを抱きしめたよ。母様はここまで。これから父様のお手伝いと街を守ってくれるの。

「気をつけるのよ。母様はいつもあなた達のことを思っているわ。すぐに迎えに行くからね」

「うん。母様、怪我しないでね」

「アル、お兄ちゃんの言うことをよく聞くのよ」

「うん‼　……かあさま、すぐきてくれる？」

「ええ、すぐにね。さぁ、行きなさい」

　母様にバイバイしながら、アランに抱っこしてもらって、トンネルへ向かったよ。

『アル、ボク達の家に着いたら、気分転換に味が変わる水飲もうよ』

「……うん」

『そうだぜ、「ふんっ‼」ってやって、味変えてくれよ。オレ、アルの作ってくれた水、大好きだぞ‼』

『きっとすぐに迎えに来てくれるからさ。だってアルやパパよりも強いママが、魔獣を倒すんだからすぐだよ』

『そそ、今頃もう魔獣の所に向かってるかも』

『前に魔獣、遠くまで吹っ飛ばしてたし』

『ねっ！』

　そうだ！　母様は魔獣さんを吹っ飛ばせるもんね‼　きっとすぐに全部の魔獣さんを吹っ飛

ばして、迎えに来てくれるよ‼

「うん‼　ぼくおみずかえる‼　ふんっ‼」

『『『ふんっ‼』』』

僕は力を入れて『ふんっ‼』ってしたよ。

どんどんトンネルまで向かう僕達。大丈夫。父様も母様も大丈夫。そう思っていた僕。でも……。

僕ね、ピッキー達のお家には行けなかったんだよ。ピッキー達も。父様と母様じゃなくて、僕達が大忙しになっちゃったんだ。

＊＊＊＊＊＊

精霊や妖精達、他の魔獣達に、外の様子を確認しにきたが……。

くそっ！　こんなに呪われた者達がいたとは、私としたことがなぜ気づかなかった！　あそこまで呪われてしまっては、もう救うことはできない。

『リプセット！　やっていいんだな！』

『ああ、もう助けられない。ならば苦しみを少しでも早く止めてやらなければ、呪いに気をつけろ！』

『分かった。みんな聞いたな。止めるぞ‼』

『『『おぉ‼』』』

止める。それは我々の仲間の命を奪うこと。本当は助けてやりたいが、もう呪いを取り除くことができない状態にまでなってしまっている。すまない……。

それに、もしこのまま人間の街へ向かってしまえば、もしかしたらこの呪いが人にも移り、魔獣達の襲撃と、呪いを振り撒いたということで、魔獣と人間の間にさらなる大きな戦闘が起こってしまう可能性もある。そうなればどれだけの犠牲が出るか。

確かに人と魔獣は、基本相容れない。だが、それでもお互いに惹かれ合い、共に生きている者達が大勢いる。その者達を引き裂くことはあまりしたくない。そのためにも何とかこの者達を止めなければ。

そしてロンテ達をどうにか助けなければ。今は何とか呪いの進行を食い止めているがいずれは……。そしてロンテが暴れ始めれば、今よりも大変なことに。どうすればいい。どうすれば呪いを消すことができる？

……昔いたとはいわれている、穢れなき魔力を持つ者が現れてくれれば。伝説といわれる存在だが。

人も魔獣も、完璧な魔力を持っている者はいない。誰もが少しの負の力を持っている。それは生きている上で、絶対負の感情を持たない、ということがないからだ。それが魔力に影響するからにほかならない。

しかし伝説では、その負の部分が一切ない、穢れなき魔力を持つ者がいると。その者が力を使えば、全ての問題が解決するといわれている。争いごとも、疫病も、今回のような呪いも、何もかも全てだ。はぁ、ここにその伝説の者がいてくれれば、最低限の犠牲で済むかもしれない……。

いや、いるのかいないのかさえも分からない伝説の存在を望んでも、仕方がない。今はそんなことを考えずに、全てを止めることを考えなければ。

『ふんっ‼︎』

⁉︎　何だ⁉︎　今の声は、力は⁉︎　突然の魔力の小規模な爆発。しかも今の魔力は‼︎

『おい！　私はやることができた。ここは任せるぞ‼︎』

『ああ‼︎』

私は魔力の爆発が起きた方へ向かう。まさか、そんなまさか。本当に本当か？　私の勘違いでは？　いや、そんなはずは。

あそこだ‼︎　あそこで爆発は起きた‼︎　私は周りを確認する。ん？　あれは精霊達に妖精達。なぜ人間と……？

⁉︎　見つけた、見つけたぞ‼︎　まさか本当に伝説が存在するとは。だがどうする。どうやって連れていく？

詳しく話している時間はないし、一緒にいる人間が大人しく話を聞いてくれるとは限らない。おそらく今、あの魔獣達から逃げているのだろうからな。敵として私を攻撃してくるかもしれない。

……しかたがない。子供にも周りの者にも申し訳ないが、今は力尽くで連れていかせてもらおう。必ず、必ず無事に返す！　が、今だけは。

私は一瞬で彼らのもとへ。そして私の行動に、そこにいた人間の大人達と子供達と魔獣達、精霊に妖精達が声を上げた。すまない、時間がないのだ。

「何だ⁉」

「ぐあぁぁぁっ⁉」

「アル⁉」

『ふふなんだな⁉』

「にぃに〜⁉」

＊＊＊＊＊＊＊

それは突然だったよ。僕が『ふんっ‼』ってしてから、今日はどんな味のお水になるかなぁ？　って、みんなでお話ししてたら、急に暖かい風が吹いて、それが凄く強くなったと思ったら、ビュウビュウ吹き始めたんだ。

「皆気をつけろ‼　アラン、子供達を……、何だ⁉」

「ぐあぁぁぁっ⁉」

「ふわあぁぁぁっ⁉」

「わあぁぁぁっ⁉」

『わあぁぁぁっ⁉』

　サイラスが剣を抜こうとした瞬間、１番強い風が吹いて、全員が吹き飛ばされちゃったの。

僕を抱っこしていたアランも倒れて、僕はふふちゃんを抱きしめながら、コロコロ転がっちゃったんだ。

「いちゃ……」

　転がって少し痛かったけど、すぐにふふちゃんを確認したよ。

「ふふちゃん、だいじょぶ？　おけがした？」

『ビックリしただけ、大丈夫。アルは？』

「ちょっといたいけど、だいじょぶ」

『みんなは？』

　ふふちゃんと一緒に周りを見たんだ。そうしたらピッキー達が何処にもいなくて、にぃにとグッピー、サイラスとアランが倒れていたよ。

何で急にみんなが飛ばされちゃうくらい、強い風が吹いたの？　僕は慌ててみんなの所に行こうとしたんだ。でも……。

「すまない、連れていくぞ。必ず戻すからな」

いきなり僕の頭の上で声がして、僕の肩を誰かが掴んだんだ。それで僕の体が浮かんで。

「アル⁉」

『ふふなんだな⁉』

「にぃに‼」

少しだけ起き上がったにぃにとグッピーが、僕とふふちゃんを呼んだんだけど、僕がどんどん浮かんじゃって。

その後、僕はどんどんにぃに達から離れ始めちゃったんだ。

「アル‼　アル⁉」

「にぃに‼」

『大変だ‼　アルとふふを何処に連れていくの‼』

『アルとふふを返せ‼』

『勝手に連れてくな‼』

『みんな全力だよ‼　僕達が本気を出せば、絶対に離されないんだから‼』

『『うん‼』』

『追いかけろー‼』

『『わあぁぁぁっ‼』』

ピッキーの声が聞こえたら、大きな木の方からピッキー達が飛んできたよ。みんな大きな木の方まで飛ばされちゃっていたみたい。それでもどんどん離れる僕にすぐに追いついて、一緒に飛び始めたんだ。

『アルとふふのことは任せて‼』

「アル‼　すぐに母様に知らせるからね‼　すぐに助けてもらうからね‼」

にぃにがそう言ったら、ビュンッ‼　ってもっと速く動いて、お家がすぐに見えなくなっちゃった。僕はふふちゃんをギュッと抱きしめたよ。

『アル、大丈夫だよ。ボク達が一緒だからね‼』

『そうそう、これくらいの速さなら余裕だぜ。絶対に離れないからな』

『それで必ずみんなで帰ろうね‼』

「……うん」

『それにアルのママも、もしかしたらすぐに魔獣を吹っ飛ばしてきてくれるかも。途中で会えたらいいね』

『それにさぁ、このままやられっぱなしもねぇ』

『みんなでこいつ倒しちゃおうか？』

『でも強そうだよ？』

『俺達なら大丈夫だろう？』

上を見てみたら、僕を掴んだの、とっても大きな鳥さんだったよ。でも普通の鳥じゃなく、燃えている鳥さんなんだ。でも燃えているのに全然熱くないの。何でこの鳥さんは、僕を掴んで飛んでいるのかな？　僕食べられちゃう？

「ぼく、たべられちゃう？」

『あれ？　こいつって人食べるっけ？』

『そういえば？』

『あ～、食べたような？』

『でも大体、木の実とかじゃない？　争いは嫌いなはず？』

『いつもだったら食べないよね？』

『ねぇねぇ、食べるつもりで連れていくの？』

『……お前達、私は』

『まぁ、いいや。アル、多分食べられないよ。大丈夫。それよりも連れていかれることに対してどうにかしないと』

ピッキーが鳥さんに聞いて、鳥さんが何か言おうとしたけど、ピッキー達は話を続けていたよ。

でも良かった。僕食べられないみたい。でもじゃあ、何で？　何でみんなを吹き飛ばして僕を連れていくの？　にぃに達みんなお怪我したかも。

「にぃにもグッピーも、アランもサイラスもおけがしたかも！　みんなにけがさせるようなこと、しちゃいけませんって、とうさまもかあさまも、いつもおはなししてる‼」

『そうだよ！　怪我させちゃいけないんだぞ‼』

「けがさせるわるいこは、おしおき‼　かあさま、いつもいってるもん‼」

そうだよ、お仕置きしてもらわなくちゃ‼

『でもその前に帰らないと』

『足をみんなで引っ張って止める？』

『でもそれだと、みんなで逃げる時、また捕まっちゃうかも』

『耳元で、大声で叫んで、ビックリしているうちに逃げるとか？』

『あとはみんなで、花粉でも飛ばしてくしゃみを止まらなくして、その間に逃げるとか？』

『う〜ん、それもまた捕まっちゃうかも。それにさぁ、アルとふふに酷いことしたんだから、もっとやった方がいいんじゃない？』

『もっとって？』

『う〜ん』

『……おい』

『何？　今みんなでお前にどうやってお仕置きするか考えてるんだから、静かにしててよ』

『そうそう』

『それでさぁ……』

『いきなり連れてったことは悪いと思っている‼　だが別にこの子に何かしようとは思っていない！　この子に手伝ってもらいたいことがあるのだ‼　だからお仕置きは待ってくれ‼』

　鳥さんが大きな声でそう言ったんだ。

『『はっ⁉　手伝ってもらいたいこと⁉』』

『子供だけ連れてくるつもりが、面倒な者達がついてきたな。これは説明するのが大変そうだ。はぁ。呪いより面倒かもしれん』

　僕は大きな鳥さんに運ばれて、ピッキー達は僕とふふちゃんについてきてくれたよ。そしてふふちゃんは今、ピッキー達と一緒に速く飛ぶ練習をしているよ。

　今は僕、連れていかれているけど、もしかしたら逃げなくちゃいけなくなるかも。それで逃げる時にバラバラになっちゃったら？　速く飛んで逃げて、お家に帰れるように、少しでも練習だって。

　大きな鳥さんは、絶対に僕を虐めないってずっと言ってるよ。それから僕のことで怒ってくれている精霊さんと妖精さん達に、少し静かにしていてくれって。悪いのは大きな鳥さんなのにね。

そうしてどんどん連れていかれた僕。と〜っても広い森の上まで飛んできたよ。僕のお家から二つ目の森だって。一つ目の森は小さな森だから、けっこう近い場所だって、ピッキーが言ってたよ。

『よし、あそこだ』

大きな鳥さんが向いてる方をみんなで見たら、結界が張ってある場所があったよ。あそこにこれから行くんだって。

少しずつ降り始めた大きな鳥さん。その場所にはすぐに着いたよ。そして着いた場所には、1匹のと〜っても大きな蜘蛛さんがいたんだ。街でお菓子を売っている、平屋のお家と同じくらいの大きな蜘蛛さんね。

大きな蜘蛛さん以外にも、いろんな大きさの蜘蛛さんがいっぱいいたよ。1番小さな蜘蛛さんは僕と同じくらいの大きさだよ。

『そっと下ろすからな。私が皆と先に話をするから、お前達は頼むから静かにしていてくれ』

『何さ、自分が勝手に連れてきたくせに』

『そうだぜ！』

『頼むから静かにしてくれ！』

蜘蛛さん達が僕達の方を見て、とってもビックリしたお顔をしてたよ。あっ、上から見たら分からなかったけど、あそこに人がいる‼︎　ん？　なんかとっても怒ったお顔をしている？

どうしたのかな？

　大きな鳥さんがどんどん地面に近づいて、僕はすんって地面に降りたんだ。ジャンプして着地した時、足がジ～ンッて痺れるけど、高くから降りたのに大丈夫だったよ。

　それでね、着いた途端、さっき見た人が怒りながら近づいてきたんだ。

「お前は何ということを‼　なぜこのような場所に人の子を連れてきたのだ！」

『フレドリック、この子はロンテ達を救うために連れてきたのだ』

「このような幼き者に何ができる！　まったく、怖かったであろう」

　フレドリックって呼ばれた人が、僕をそっと抱き上げたんだ。あれ？　お耳が僕と違う。

「ん？　耳が気になるか？　私はハイエルフだ。人とは違う種族なのだよ」

「はいえるふ？」

「ああ。名はフレドリックだ。お前の名は？」

「ぼく、うぃるとん・あるふぃーど、です‼」

「アルフィードか、いい名だな」

『ちょっと！　名前よりあいつにもっと言ってやってよ‼』

『こいつ、アルの家族を吹き飛ばして、何も言わずにアルを連れてきたんだぞ‼』

「何だと⁉　本当かリプセット‼」

『あ～、まぁ、……そうだ』

「何をやっているんだ‼」

『あ、あの時は仕方がなかったのだ！　私もあの事実に驚き過ぎていたし、予想よりも呪われてしまった者達が多く、このままではさらなる問題が起きてしまうと。余裕がなかったため、話をせずに連れてきてしまったのだ』

「まったく。仕方がない。他の者を呼んでこの子を」

『待て‼　お前ならば気づくことができるかもしれん。この子の魔力を感じてみろ！　我々の前に伝説の存在がいるかもしれんのだ‼』

「魔力が何だと言うのだ。……、……、……。こ、これは穢れなき魔力⁉」

『分かったか、この子のおかげで全てを解決することができるだろう』

解決できる？　何が？

ピッキー達がちゃんとお話ししてってリプセットに言ったんだ。僕を連れてきた大きな鳥さんのリプセットを怒ってくれたんだよ。僕達はリプセット達のお話を聞いたんだ。

そうしたら、父様が、悪い魔獣さんがもっと悪い変な魔獣さんになっちゃったお話をしていたでしょう？　その魔獣さん達みたいに、ここにいる蜘蛛さん達がなっちゃったんだって。

でも今ここにいる魔獣さんは、悪い人達じゃないみたい。他の場所にいる蜘蛛さんの中には、悪い魔獣さんもいるけどね。

それで蜘蛛さん達をよく見たら、１番大きな蜘蛛さんと、10匹くらいの蜘蛛さんが、体の色がみんなと違っていて、とっても苦しんでいたんだ。

悪い人間に、苦しくなる石で攻撃されちゃったんだって。時々悪い人達が街に来るけど、その人達と同じ悪い人間に。

そして石で攻撃された蜘蛛さん達は、これからどんどん苦しくなっていって、あげくには、街や魔獣さん達を攻撃するようになっちゃうかもしれないんだって。

『で、そうならないために、アルの力が必要ってこと？　じゃあそう簡単に言えば良かったじゃん。こんなアルを怖がらせるようなことをしてさ』

『申し訳ない』

「私からも謝罪する。本当にすまなかった」

あのね、その攻撃された石は、まだ蜘蛛さん達にくっついていて、それを取るのに、僕の魔力が必要なんだって。だから大きな鳥さんは僕をここに連れてきたの。

もう！　ちゃんと説明しないで、大切なことをしちゃいけないんだよ！　大切なことは、最初に父様と母様、サイラスやアランにお話ししなくちゃいけないのに！

それに、にぃにとグッピー、サイラスとアランは、吹き飛ばされたからお怪我をしたかも。治療してくれる人がいるけど、そんなことをしてはいけないんだから!!

「ちゃんとみんなに、ごめんなさいする!!」

『ああ、それはもちろん!!』

『かあさまに、しかってもらう‼』

『ああ、それも必ず』

「うもぅ！　ぼくもプンプンだからね！」

『ああ、本当にすまなかった』

『でもリプセットよりも悪いのはその人間達だね』

『本当だよ。みんなを苦しめるなんて』

『アル、みんなを治してあげよう』

「うん‼」

『力を貸してくれるのか⁉』

だって苦しいのは嫌だもんね‼　でも……、僕、魔力使ったことないよ？　どうすればいいんだろう？

「それならば問題ない。私がアルの力を引き出し、ロンテ達に流そう。そうすればもしかすると」

『早くやって帰ろう。きっとみんな心配してるよ』

『そうそう、ちゃちゃっとやって帰ろうぜ』

「うん‼」

「よし、ではこちらに」

最初に、1番大きな蜘蛛さんの所へ行ったよ。お名前はロンテ。蜘蛛さん達の中で、1番強くて、1番偉い蜘蛛さんなんだって。みんなを守るために悪い人と戦ってくれたのに、石の攻撃で具合が悪くなっちゃったんだ。

『……すまないな。……人間のこんな小さき者の力を借りないといけないとは』

「まだ確実にとは言えないぞ」

『……もしダメでも、この子には感謝だ。怖かったろうに』

『うっ……』

「だいじょぶ‼　なおる‼」

『そうそう、アルの力なんだから』

『アルは、お水だっていろいろな美味しいお水に変えられる、凄い奴なんだぞ‼』

『他にも、もう入らないはずのカバンに、ぎゅうぎゅう押して、いっぱい荷物を入れられるし』

『お花ボールだって、アル自身や僕達が思っている方向と、全然違う場所に飛ばせるんだぞ！』

「……」

『……』

『……』

「くくっ、そうか。それは凄いな」

『……お前は凄い子供を連れてきてくれたな』

『はぁ、後で治ったら、ここに連れてくるまでこの者達が何を話していたか聞かせてやる。きっと驚くぞ』

驚く？　驚くお話しした？　僕達逃げるお話と攻撃のお話はしたけど。僕もふふちゃんもピッキー達も、首をこてんってしたよ。

「さぁ、話はここまでだ。アル、今から体がポカポカしてくると思うが、それがアルの魔力だ。別に怖いことはないから安心しろ。そして私がロンテに触れと言ったら、ロンテに触れてくれ。それだけだ」

『それだけ？』

『触って終わり？』

「ああ」

『何だ、それなら簡単だね。もしかしたら考えていたよりも早く帰れるかも』

『ね』

「始めるぞ」

フレドリックが僕の肩に手を置いて、僕がそのまま（立ったままでいいんだって）でいたら、すぐに体の中がポカポカしてきたんだ。お風呂に入っているみたいに温（あ）ったかだよ。それから少しして、フレドリックが終わりって言ったんだ。

「よし、上手くいった」

『わぁ、アル！　アルの体、光ってるよ！』

『アル、カッコいいぞ！』

ピッキー達に言われて自分の体を見たら、本当に僕が光っていたよ。

「アルの魔力は綺麗な魔力だから、光って見えるのだ。さぁ、アル。ロンテの体に触れてくれ」

「うん‼」

僕はすぐにロンテの体を触ったんだ。でも……。ロンテの体は石で攻撃されていない蜘蛛さん達みたいな色に戻らなかったよ。それにロンテは、ちょっと楽になってきたって言ったけど、まだまだ苦しそうだったんだ。僕の魔力で治るんじゃないの？

『ダメか』

「いや、先程よりも確実に良くなっている。が、どうにも石が外れないな」

『どうにか取れないだろうか』

「ずっと外そうとしていたが、直接的にはうんともすんとも」

『ならばもう一度アルに……』

リプセット達が話をしている間に、僕達は石の所に行って、ロンテ達を攻撃した石、くっついたまま取れない変な石を見てたんだ。

『ねぇねぇ、これ普通に外せないの？』

『みんなちゃんと引っ張ってないんじゃないか？』

『フレドリック以外、僕達みたいな手じゃないしね』

『さっき聞いたんだけど、仕方ないからここだけ切り取ろうとしたんだけど、ナイフが皮膚に入らなかったって』

『え〜、そんなことある？』

『ねぇ、アル、引っ張ってみたら？　アルがダメなら僕達がやってみるよ。ここにいる魔獣達さ、いろいろとダメダメだから。ほら、何も言わずにアルを連れてきたし、治せないとか。僕達がちゃんとやってあげれば取れるかもよ』

『そうだな』

「そね‼　ぼくやる‼」

『……ん？　……何をしている？　……やめろ‼』

僕は石に手を伸ばしたんだ。そして……。

「よし、それじゃあ、もう一度……、アル⁉　何をしている⁉」

『やめるんだ‼』

僕は石をヒョイっと掴んだら、ぽろんって、全然力を入れていないのに取れたんだ。

「は？」

『は？』

『ぐあぁあっ‼』

僕が石を取った途端、ロンテはドサッと伏せの格好になっちゃったよ。大丈夫？　でも石は外れたよ？

うも～。ほら、ピッキー達の言う通り、ちゃんと取ってなかったんじゃない？　こんなに簡単に外れるのに。

と、思っていたら、フレドリックがビュンッ‼　って僕の所にやって来て、僕が持っている石を取り上げると、向こうの方に投げたんだ。

「大丈夫か⁉　苦しい所、痛い所はないか⁉」

「ううん、ない」

「本当だな？」

「うん」

『ねぇ、そんな慌ててどうしたの？』

『それよりも石取れたぞ？　何でちゃんと取らなかったんだよ』

「取らなかったのではない！　取れなかったのだ。それにもし石を触って、具合が悪くなったらどうするつもりだったのだ！　ロンテのように苦しむ可能性があったのだぞ」

「ぼく、なにもない」

「確かにどこにも、何もないようだが」

「フレドリック‼　見てみろ‼」

フレドリックと話している時だったよ。リプセットが呼んだから、みんなで彼の所へ行くと、リプセットの足元に、フレドリックが飛ばした石が落ちてたんだ。

『おい、あれが完全に消えている‼』

「まさか⁉　……本当にその辺に転がっている石になっている」

「あれ？　あれってなぁに？」

『ああ、ロンテの色を変えてしまった悪い物だ。黒い光が出ていただろう？　今はその光が消えている』

そういえばロンテに付いていた時は、少し黒く光っていたかも。

「まさかこれがアルの力なのか」

『しかし、たまたまという可能性も』

「たまたまで、あんなに簡単に外せるか？」

僕達が石を見ている間、リプセットとフレドリックはブツブツお話ししてたよ。確認しないと、それだとまた石に触らないと、危険じゃないか、だがやってみなければ、などといろいろお話し合いをしてたんだ。

それから他の元気な蜘蛛さんがロンテの所に行って、大丈夫か聞いているよ。伏せの格好からうんしょって感じで起き上がっていたんだ。

しばらくして、お話が終わったリプセットと石を持ったフレドリックも、みんなを連れてロンテの所へ行ったよ。

「どうだ？」

『ああ、完全に治っている。どこもおかしな所はない』

『本当か？』

『それどころか前よりも力が湧いてくるようだ』

「ロンテ、リプセット、確認したが、ロンテは元の状態に戻っている。もう大丈夫だ」

『本当か⁉』

「ああ、間違いない」

ロンテ、石が取れたから苦しいのが治ったみたい。それに体の色も、他の蜘蛛さん達と同じになったよ。良かったねぇ。

そうだ！　みんながちゃんと石を取ろうとしなかったから、僕がやってあげるよ。それで今みたいにササッと取ってあげる。んも～、ダメダメなんだから。みんなはまだ、お話しするみたいだし、とっととやっちゃおう！

僕はふふちゃんとピッキー達にお話ししてから、リプセット達から離れて、別の蜘蛛さんの所に行って、ロンテみたいに石を取ってみたよ。

『ぐあぁぁ‼』

そうしたらロンテと同じで、すぐに外れたんだ。それに黒い光もなくなったし。ほら、やっぱりちゃんと取ってなかった。

「だからお前達は勝手に動くでない！」

またまたフレドリックが慌てて僕達の所に来て、僕から石を取り上げたんだ。

「はぁ、これは確定か」

『そうだな、ほぼほぼ確定だな』

「はぁ、危険ではあるが、このままアルに石を取ってもらうか」

またまた話をし始めたリプセット達。でもすぐにピッキー達に怒られたよ。話ばっかりしていないで、早く帰りたいんだから、さっさと石を取ろうよって。

リプセット達はちょっと困った顔をした後、僕に石を取ってくれって。だから僕はどんどん蜘蛛さん達の石を外してあげたんだ。

まったくもう、どうしてちゃんと石を取らなかったの。ほら、もう全部外れた。今、僕達の足元には取った石がいっぱい。僕ね、ササッと全部の石を外したんだ。みんなぽろんってすぐだったよ。そして石を取った蜘蛛さん達は、みんな元気になったよ。うんうん、良かった良かった。

石を取った後は大丈夫か、それから攻撃されなかったみんなも、問題ないか確かめてみるって。リプセット達が全員を集めて確認を始めたんだ。僕達が帰るのはその後だって。

最初に小さい蜘蛛さん達からだったから、小さい蜘蛛さん達が終わってから、僕達はお話ししながら、みんなを待つことにしたよ。小さい子でも強い魔獣さんだから、お話ができるんだ。ふふふっ、新しいお友達ができたよ！

「これが汚れなき魔力の力……」

『そしてアルの力か』

『我々にはどうすることもできなかったのに』

『皆聞いてくれ。アルは我らの命の恩人だ。アルの力は素晴らしい。だが、これほどの素晴らしい力、他の者に知られれば、アルは必ず狙われることになるだろう。我々を襲った者のような連中に』

『そうだろうな』

『そうなればアルは、苦しむことになる。そこでだ。今回、アルが助けてくれた力のことは、我々だけの秘密にしようと思うのだが。幸いにも知っているのは我々だけだ。命の恩人のアルを守るため、どうだろうか』

『賛成！』

『命の恩人を危険に晒すなど、そんなことは絶対にできん！』

『我々の心の中に！』

『よし、決まりだな』

「しかし……。そうだな。私はアルの両親に会ってこよう。両親はアルの力を知っておいた方がいい。アルが自分の身を守れるようになるまでは、どうしたって両親が守ることになる。もしもそれが叶わないようなら、私が力になろう」

『その方がいいだろうな。アルの力はあまりにも』

『我々も何か、アルのためにできることを考えよう』

『そうだな……、と、連絡がきた。……何だって⁉　分かった‼　すぐに向かう‼』

『どうした⁉　また問題か⁉』

『いや、問題は問題なのだが。暴れていた魔獣を全て止めたと。だが今度は人間との睨み合いに発展してしまったようだ。今はお互い止まっているが、先程まで人間の中に、アルのことを呼びながら暴れまくっていた、恐ろしい人間がいたらしい。アルの家族かもしれん』

「では今すぐ向かおう」

『ああ。アルは俺の背に乗せていく』

『待ってくれ。俺もいいか？』

『ああ、別に構わんが』

『今回のこと、俺も話しておいた方がいいだろう。攻撃してきた、あの人間達のことを』

『分かった』

「では私の転移魔法で向かおう、場所はどこだ？」

『場所は……』

＊＊＊＊＊＊＊

「実験は失敗か？」

「いや、継続時間と、力が確実に上がった」

「だが呪いは消えちまったんだ。やっぱり失敗だろう」

「あれだけの数の魔獣が、あれだけ小さな石で、あれだけの時間呪うことができたのだ。完全な失敗ではない」

「そうかよ。まぁ、俺は楽しければ何でもいいが。次も交ぜてくれるんだろ？」

「お前は他よりは使えるからな」

「へっ」

「これからどうする」

「ダリブリス様に報告後、すぐに研究へ戻る」

「じゃあ俺はその間、勝手にやらせてもらうぜ」

「また何かあれば呼んでくれ」

「ああ」

二人が消える。私はダリブリス様のもとへ急ぐ。

それにしても、奴らは何をした？　群れのトップは、もしかしたら呪いを解くかもしれないとは思っていたが、全員元に戻るとは。私が馬鹿の相手をするため、消えていた間に何があった？

あのハイエルフが何かしたのか？　いや、いくらハイエルフとはいえ、短時間にあれを解くのは難しいはずだ。ならば何が……。

ようやく使える物ができたのだ。邪魔な物、不可解なことは、なるべく解決しておきたい。

これから忙しくなるぞ。我々の思いに賛同する者達もかなり増えた。初めは10人ほどだった我ら。全員が使える者達ばかりではないが、それでも今では１００人を超える者達が集まっている。

そして新しい可能性を秘めた石を作成することもできた。これならば我らが目指している、世界を手に入れ、あの方を復活させる日も近いかもしれない。

あの方とは、つまり闇の魔人のことだ。昔、世界をすべて闇で埋め尽くそうとした悪の化身、オーバーシュ様の完全復活だ。ダリブリス様の強力な闇魔法の力と石を使い、我ら同志が協力して復活に成功すれば、世界を闇に包むことができ、世界を意のままに操り手に入れることができるのだ。

我らの素晴らしい未来のために、これからも力を尽くさなければ！

＊＊＊＊＊＊＊＊

「早くアルを探しに行きたいのに」

「だが暴れ魔獣を倒した魔獣達。あれは一筋縄ではいかない魔獣達だ。下手をすれば私達がやられてしまう」

「アル……」

「……おい、あれを見ろ‼」

「あれはキラースパイダーの群れ⁉」

「どうして⁉　これ以上魔獣が増えるなんて‼」

「お待ちください！　キラースパイダーの上に何か……、あれは⁉」

「まさか……、あれはフェニックスか⁉」

「おいおい、マジかよ」

『おい、聞こえるか？』

「誰だ⁉」

『私はハイエルフのフレドリックという。今、私の力で離れた所からお前達と話をしている』

「ハイエルフのフレドリック？」

『いいか、そこで睨み合っている魔獣にも、キラースパイダーにも、フェニックスにも攻撃はするな。皆お前達とやり合うつもりはない』

「どういうことだ？」

『それを今から説明しに行くから攻撃はするな。私は今キラースパイダーの背に乗って移動中だ。そしてお前達の息子、アルフィードはフェニックスに乗ってそちらに向かっている』

「は？」

「アル‼」

「マリアン！　待て‼　今はもう少し待て‼」

「でもあなた‼」

『すぐに着く、そこで待っていろ』

僕とふふちゃん、ピッキー達は今、みんなでリプセットの背中に乗っているよ。すぐに帰らないとって。それでね、僕がリプセットに乗って帰るって決まったら、ピッキー達も乗りたいって。だからリプセットが大きく変身して、それでみんなで乗せてもらったの。

それから最初は、フレドリックとロンテだけ、一緒に僕のお家に来るはずだったんだけど。なんか他の蜘蛛さん達も来たいって。だからみんなで途中まで、フレドリックも魔法でビュッと移動して、少し向こうからぞろぞろ歩いてきたんだ。

今はね、フレドリックが父様と母様に向かって、魔法で遠くからお話ししたんだよ。何を話したかは分かんないけど。でも、魔獣さん達が集まっている向こうに、父様と母様がいるって。

『あっ！　アル、見えた‼』

『アルのパパとママいるよ‼』

「とうさま‼　かあさま‼」

　僕がブンブン手を振ったら、父様と母様も手を振ってくれたよ。あっ、サイラスとアランもいる‼　二人とも元気みたい。じゃあ、にぃにとグッピーも元気だよね！

　そのままどんどん進み、父様達の前に着いたら、そっとリプセットが地面に降りて、フレドリックが僕を降ろしてくれたよ。僕は父様と母様の方へ走って、二人に飛びついたんだ。父様と母様もギュッて、抱きしめてくれたよ。

「とうさま、かあさま、ただいまかえりましたぁ」

「アル、お帰り」

「アル、母様、とっても心配したのよ」

「えへへ」

「私がフレドリックだ。フェニックスのリプセット、そしてキラースパイダーの群れのリーダー、ロンテだ。今回のことの説明と、謝罪に来た。そしてとても大切な重要事項も伝えに」

「……分かった。では場所を用意する。が、これだけの魔獣がここにいるのはまずい。森に帰してもらえないか？」

「分かった。だが、子供達は約束がしたいと言っている」

「約束？」

「あのね、とうさま‼　かあさま‼　ぼくとふふちゃん、あたらしいおともだち‼」

「誰のことだ？」

「アル達とキラースパイダー達の子供達が友人になったので、これから時々遊びたいと」

「は？」

「え？」

「あ〜、これは」

「アル様……」

「アル？　この子供達とお友達になったのか？」

「うん‼」

「アル、分かっているか？　キラースパイダーなんだぞ？」

「キラ？　おなまえ、キーちゃんと、スパちゃん‼　ほかの子は〜」

「いや、名前ではなくて」

「すごいんだよ‼　いとをピュピュピュピュッて」

『面白かった！』

「これは分かっていないわね、どれだけ危険な魔獣か。しかももう友達認定しているから、今さら別れさせるのは無理でしょうね」

「そちらにとってはそうだろう。だからこのことについても話がある」

「あ〜、もういい、分かったからとりあえず場所を移動して、関係者以外の者は帰してくれ」

「分かった」

「ばいば～い‼」

『またね‼』

『遊ぼうねぇ‼』

『約束だよ‼』

リプセットとフレドリックとロンテ以外の魔獣さん達が帰っていったよ。僕は新しいお友達のキーちゃんとスパちゃん達にブンブン手を振ったんだ。

なんかね、これから父様達は、とっても長いお話し合いがあるみたい。だからそれが終わったら、キーちゃん達と、いつ何処で遊ぶかお話ししてくれるって。

にぃにとグッピーに父様達が説明しているうちに、早くお友達のことをお話ししなくちゃ。

みんながぞろぞろ歩き始めたよ。

「かあさま」

「なぁに？」

「あのね、あたらしいおともだち、うれし？」

「ええ、嬉しいわよ」

「ぼくね、おともだちいっぱい、とってもうれしいの！」

「そうね、お友達はいっぱいの方が嬉しいわよね」

『ふふちゃんも！』

「ボクも‼」

『オレだって‼』

「えへへへへ」

『あっ、そうだ‼　みんなでクッキー作ったらどうかな？　それでクッキーパーティーするの‼』

『お、いいな‼』

「クッキーパーティー‼」

『クッキーパーティーやりたい！』

『じゃあ作るのはアルのお家ね。キーちゃん達にはロンテに伝えてもらって……』

「待て待て！　何の話をしているんだ！　勝手に決めるんじゃない‼」

「とうさま‼　クッキーパーティー‼」

『ジェレミーとグッピーに知らせる‼』

「だから待てと言っているだろう！」

みんなでクッキーパーティー。新しいお友達のキーちゃん達も一緒。えへへ、楽しみだなぁ。

「アル、ふふ、ピッキー達も、私の話を聞きなさい！」

「『『クッキーパーティー‼』』」

あとがき

この度は『ちびつよ兄弟のゆるもふ異世界ライフ！　～もふもふ魔獣と精霊さんの最強加護で大冒険を楽しみます～』を手に取っていただきありがとうございます。作者のありぽんと申します。

さて「ゆるもふ」いかがでしたでしょうか？　私はスローライフ系の物語と、もふもふの生き物が大好きで、私が描いている作品には、必ずもふもふの生き物が出てきます。そしてそのもふもふと戯れるちびっ子。スローライフ、もふもふ。ちびっ子、最高です！

と、私の好きな物はこの辺にして、今回は私の中では初めてのもふもふが登場しました。フクロウ系の魔獣、ハピネスアウルのふふちゃんと、スモールピッグのグッピーです。

いつも犬系のもふもふ魔獣を登場させる私。モデルは家族でトイプードルの2匹をモデルにしていて、今回はモデルがいない、初めての魔獣2匹を登場させました。

憧れていた、ふわっふわのフクロウの赤ちゃんと、小さな手乗りサイズの飛べるブタ。この子達を書くことができ、とても楽しかったです。

そして主人公たちの友達の精霊と妖精達。もちろん現実では会うことはできませんが、それでもこの子達と一緒に遊んだり、料理をしたり、いろいろなことができたら楽しいだろうなと。

今回の作品には、楽しいを詰め込んでみました。

クッキー作り、ドタバタとちょっとした失敗？　もありましたが。最後は皆が笑顔で、いい思い出ができて良かったです。

そしてクッキー作りで思ったこと。魔法があるとどんな片付けも楽で良いなぁと。私も魔法が使えれば!!　……コホン。

と、このように、たくさんの楽しいが詰まった「ゆるもふ」です。最後になりますが、この本を手に取っていただいた皆様、本当にありがとうございます。そして出版に関わっていただいた関係者の皆様、本当に感謝申し上げます。

ありぽん

ちびつよ兄弟のゆるもふ異世界ライフ！
～もふもふ魔獣と精霊さんの最強加護で大冒険を楽しみます～

2024年12月27日　初版第1刷発行

著　者　ありぽん

発行人　菊地修一

発行所　スターツ出版株式会社

〒104-0031　東京都中央区京橋1-3-1　八重洲口大栄ビル7F
TEL　03-6202-0386　（出版マーケティンググループ）
TEL　050-5538-5679（書店様向けご注文専用ダイヤル）
URL　https://starts-pub.jp/

印刷所　大日本印刷株式会社

ISBN　978-4-8137-9401-1　C0093　Printed in Japan

[ありぽん先生へのファンレター宛先]
〒104-0031　東京都中央区京橋1-3-1　八重洲口大栄ビル7F
スターツ出版（株）　書籍編集部気付　ありぽん先生